suncolor
三采文化

不要 再
回覆 他 的 短 訊，
好嗎

文 Middle

輯一

忘記難過時間

輯一

忘記難過時間

十

十

你有試過嗎，

為了一個喜歡的人，

而忘掉了時間，甚至忘記了自己的難過。

明明你已經很累很累，

你卻為了讓他可以重拾笑臉，

付出了無數心血與時間。

明明你自己也早已傷痕累累，

有多少次，你卻變成一個最樂觀自信的人，

去聽對方的煩惱、為他加油打氣，

陪他靜靜渡過無數難過的夜深，

就只望對方可以從傷痛中復原過來，

就只望對方能夠重新想起，

自己也是值得擁有快樂的權利，

也是值得去被愛、被好好珍惜。

即使其實，

你自己也很久沒有再去微笑了……

你已經走了很遠很遠的路，

這些日子以來，遇過太多不對的人與事，

而明天依然還有很多看不清的未來。

你累了，真的，

曾經你都以為，餘生再沒有甚麼事情，

值得去期待去相信去堅持……

但如今你卻好想好想，

去守護眼前的這一個人，
不再有半點猶豫，不要留任何遺憾。
就算心裡偶爾會有一點不安，
但你卻願意為他展現最溫柔的笑容，
就算前路再艱難，世界再混亂黑暗，
但你都會不離不棄，伴他撐到最後。
就只望在對方需要自己的時候，
可以成為一個堅實安全的依靠，
替他遮風擋雨，消煩解憂。
為了他，你可以忘掉自己的難過，
即使你本來的個性並不堅強，
但如今你卻變成一個更溫柔更成熟的人，
是因為你真的太喜歡這一個人嗎，
還是你終於尋回，重新去愛一個人的勇氣……
即使最後他可能未必會明白，
你一直所承受的傷疤與疲累，
但你說，只要他最後可以幸福快樂，
那就已經很足夠……

只要可以繼續伴在他的身邊，
一起相守到老，就好。

問
好

／

「很久不見了。」

「很久不見。」

「你最近還好嗎？」

「還好，你呢？」

「太好了，我也還好。」

「嗯。」

「嗯……」

「找我是有甚麼事嗎？」

「沒甚麼，只是……」

「只是？」

「其實沒甚麼特別的。」

「唔……」

「抱歉打擾你了。」

「是了，想聽故事嗎？」

「是怎樣的故事？」

「從前有一個人，他好想忘記一些事情，但是他已經忘記了，那一件事情到底是甚麼，他只記得，自己有些事情需要忘記，而自己還沒有完全忘記……」

「這不是很奇怪嗎，想忘記一些事情，卻忘記了那件事情是甚麼。」

「是吧。有時他會想，其實一切都只是庸人自擾，根本沒有甚麼事情需要忘記，因為如果那件事情是真的重要的話，自己應該不會忘記那一件事才對，自己此刻一定會念念不忘的，就好像以前他養過的小狗，就好像他曾經暗戀過的

人……就算失去了，但還是會在自己的心裡留下一個不變的位置。可他一直努力回想，都想不起還有甚麼事情，自己是必須要去忘記。但每天醒來，當他坐在床上，當他看著鏡中的自己，那樣憔悴不堪，那樣惘然若失，他還是會覺得，自己有一些事情真的還沒有好好忘記，只要自己重新記起來了，只要自己可以將那些人與事，都好好的放下、割捨、和好、釋懷，自己就應該可以再重新出發，之後，一切都會好起來的……」

「但……他真的有一些事情想要忘記嗎？還是其實，他有一些事情並不想去忘記？」

「我也不知道真正的原因，後來他沒有再告訴我之後的發展。你呢，你有沒有遇過一些，自己想要忘記的，但是自己已經記不起來的人與事？」

「嗯……」

「沒有嗎？」

「下次再告訴你，好嗎？」

「好啊。」

「嗯。如果之後，你知道這個故事的後續發展，到時你也可

以再告訴我嗎？」

「好啊，一定會再告訴你的。」

「謝謝你。」 22:58

對他來說，那可能只是一聲問好，
但對你來說，那卻是一次重新開始

對你好／

「喜歡一個人,就自然會想對那個人好……那如果,對一個人不好,是不是就可以解釋,他並不是認真喜歡那一個人?」

「我覺得,喜歡一個人,是會希望給予對方最好的關心,但人是複雜的動物,有時我們可以直接地對一個人好,有時我們即使心存好意,但是行為上也不可以表現出來;那沒有表現出來的好,是否就代表那個人的喜歡並不夠深?我想並不盡然吧……」

「但通常,越是喜歡一個人,就越是會想要待對方更好,不是嗎?」

「一般來說是這樣。」

「那為甚麼……有時我們為另一個人付出了這麼多,也自信

已經做得比別人好，但是對方最後仍然會跟別的人在一起，還是會對堅持付出的人愛理不理、冷漠絕情？」

「問題是，對一個人好，那個人並不一定有義務去接受及回報，或是要欣賞對方的付出，這並不是等價交換，也不是數學公式⋯⋯」

「我知道並不是數學公式，但有時候你付出所有，但對方完全一點反應也沒有，那一種極端的對比，也會很讓人心灰意冷⋯⋯」

「對著不對的人，其實你做得再對，也是只會找到更多的不對吧。」

「我不明白，難道我們不應該對自己喜歡的人好嗎？」

「不是不應該，只是也總要有一個底線。更何況，他不一定是因為喜歡了別人，或早有喜歡的對象，才會表現得疏遠你。」

「⋯⋯那是為了誰呢？」

「往往，我們做得再好也得不到對方的在乎，最大的原因，就只是因為我們本來就不是對方在乎的人而已。人與人的相遇，有時候是在最初就早已經註定了結果。有些人從第一眼

認識開始，就已經會知道對方與自己將來會發展怎樣的關係，是朋友、還是好朋友，是情人、還是不可能認真發展⋯⋯有些人會很相信在第一眼認識時的這點直覺，而之後就會按著這點直覺來跟對方交往，想在乎的人自然會更加在乎，不想在乎的人，就不會讓自己花更多的心力去應付。」

「⋯⋯難道我們就不可以嘗試付出更多努力，去換到對方的更多在乎，甚至改變他們的先入為主嗎？」

「你可以嘗試，但感情關係，並不是單方面付出了幾多，就能夠換回幾多⋯⋯做朋友也好，做情人也罷，甚至是做一對家人，每一段關係，兩個人所共同擁有的幸福，是要一起努力經營，才可以找到前進的路。單方面付出再多再深，不一定就可以開花結果，也不一定會得到對方的欣賞，還有尊敬。」 23:16

對著不對的人，就算做得再對，
也是只會找到更多不對

漸遠

/

Day 8 ／ 2210

「昨天下午，因為有些事情，我和一位朋友約了在咖啡店碰面。」

「嗯。」

「我和那位朋友已經認識了很多年，最近因為工作上的關係，有些事情我想請教她，於是我主動約她出來。我們在咖啡店裡，閒話家常了一會，然後我就向她請教工作上的事情，我們一起討論了大約十分鐘，過程也是相當愉快的。可是當討論完了，當我收起了工作上的文件，我們兩人對望了一眼，然後又同時間避開了對方的目光，之後我們彷彿都不知道應該再向對方說些甚麼才好……」

「但是在那個情況之下，如果大家都真的不作聲，應該也會有點尷尬吧？」

「於是我又將昨天最初碰面時的閒話家常裡提到的近況，嘗試延伸發展，尋找話題……例如問她上班的地區有沒有一些好吃的食店，又或是最近有沒有看新上映的電影……只是你也知道，這根本就是沒話找話。而她也察覺到了這一種情況，對我的回答也變得不怎麼熱衷。」

「以前……你們本來熟稔嗎？」

「我們真的認識好多年了，曾經她也幫過我很多很多，感覺上她就像是我的姐姐一樣，只是一直以來我們沒有很深入的交往……我們會相處得很好，見面時，我們都會知道如何配合對方的說話來反應，從來不會讓對方有任何尷尬或難堪。我們都會尊重對方的感受與想法，都會關心對方的事情，只是……嗯，始終沒有變得十分友好吧，我們都會視對方為好朋友，但有時候，還是會覺得就差那麼一點點。」

「嗯，那你們上一次見面，是很久很久之前了嗎？」

「也不是……其實幾個月之前，我們在街上也有碰過面，只是那一次，我剛好跟其他朋友在一起，而她提出想要和我一起晚飯聊天，但因為我與朋友有約在先，我婉拒了她的邀請，當時她表現得沒有放在心上，但後來我聽朋友說起，原來當時她失戀了，或許那時候她很想找一個人傾談吧……」

「只是你也已經錯過了聽她傾訴的時機了，是嗎？」

「或許？昨天我也嘗試問她，最近的感情生活好嗎，想詢問一下她的感覺近況，但是她聽到我的提問後，就只是簡短的回答『還好啊』，然後配上一個抿上嘴的微笑……我知道她的那個表情，是不想跟我再談下去。因此我也不敢再問她太多，後來再勉強聊了一會，對彼此說了一些加油打氣的話，就這樣離開了咖啡店。」

「但其實你還有一些話，好想告訴對方知道，是嗎？」

「其實在昨天出去之前，我是想過要跟她分享，自己近來的感情煩惱……雖然未必會對她的煩惱有太多幫助，只是我希望可以讓她知道，她並不是孤單的一個人……」

「可當你真的和她碰面時，你卻發覺你們之間的關係，原來在不知不覺間已經變得很客套疏離。」

「嗯……你有試過這樣的情況嗎？」

「有啊。」

「有時會不明白，為甚麼本來好好的一對朋友，會變成甚麼都不能說……明明心裡有無數想法希望能夠讓對方知道，只是到了真的相對時，無能為力的感覺卻會蓋過了一切。」

「也許不是真的不能說，而是，彼此其實心裡明白，如果現

在就將心底的那些感受都坦白地說清楚，這一段本來已經變得脆弱的關係，會變得更支離破碎⋯⋯但明明，如果將那些真心話，向對方坦誠傾訴的話，我們就有可能拉近那點已經變遠的距離。」

「是因為怕自己無心的一句說話，會傷害對方嗎？」

「以前本來是不會怕的。」

「唉⋯⋯為甚麼現在反而會怕呢？」

「或許是因為，我們都真的累了，又或許，我們都再沒有信心，彼此還會有勇氣與耐心陪伴對方疲累下去⋯⋯我們依然會是好朋友，但除此之外，就甚麼都沒有了，而這是我們這段友誼之間，最難去面對的一個遺憾⋯⋯我們都知道這個問題，但是也不會再想去跟對方傾訴。」 00:22

有時並不是真的無話可說，
只是我們都真的感到累了

懂你 ／

「以前會覺得，可以比較容易去跟別人分享自己的心事，只要是朋友，就甚麼都可以談、可以分享，那時候的想法真的比較簡單……但後來人大了，有時會覺得，越來越難去跟別人分享自己的想法。沒有人明白自己，也不會勉強他人去理解，反正即使理解了，也不會帶來甚麼改變。」

「我想，年輕時我們會希望得到更多人的認同、了解更多人的想法，但漸漸我們會追求，合適的人、志同道合者的認同，比起數量，我們會更著重質量。只是要找到志同道合的人，本來就不是一件容易的事情。人來人往，我們就算有同一樣的想法，但很多時候也未必可以為對方停下來，分享彼此的悲與喜。」

「就算大家可以幸運地相遇上，但有時，自己未必再有力氣，去跟對方從頭細說自己的人生、這一刻煩惱的前因後

果，同樣，對方也未必會有足夠的力氣，去接收我的負能量……」

「然後你會想，已經沒有力氣再去認識新朋友，已經厭倦再經歷多幾次差不多的期望、失望以及困倦？」

「然後，有些人會仍然留在你的身邊，只是偶爾依然會有一種……始終會覺得，彼此無法真正做到百分百的了解，對一些事情、一些人，我們都會有不一樣的執著與先入為主，都會有彼此都無法立即去理解、需要去解釋清楚、需要經過時間去蘊釀去洗漂的情緒……而你知道，在這個世界上，有另一些人，或有一個人，可以不用經過這些理解的過程與時間，只要你想到甚麼，對方就可以立即意會，而且也會無條件的支持自己。」

「這就是所謂的靈魂伴侶吧，只是這一種人，也真的可遇不可求。」

「嗯。」

「換一個角度，如果能夠互相理解，能夠懂得對方的感受與想法，應該是會比較容易靠近彼此的心吧。但有時候，因為我們不是同一類人，不能完全地互相理解，也無法完全體會對方的切身之痛，我們反而可以抽離一點，從不同的角度去理解對方的煩惱，或許也會有較多的力氣與餘裕，去陪伴對

方一起面對某些無法言喻的疲累與傷痛，甚至去成為彼此的浮木，一起撐過那些最艱難的時刻呢。」

「就只怕，我們很久很久以後才發現，自己原來不小心錯過了這些人。」

「嗯。」 00:34

陪你到最後的人，不一定最懂你，
但往往是待你最溫柔的人

追
求
／

「有天，我乘車時經過太子，無意間看出車窗外，竟然讓我看到他的身影。」

「他⋯⋯是你現在喜歡的那個他嗎？」

「嗯。」

「有沒有可能認錯人？」

「我肯定是他，因為車子一直往前行，我可以看到他的正面樣貌。」

「你有多久沒有見過他呢？」

「我都不記得了⋯⋯但那刻我只覺得，自己竟然這麼好運氣⋯⋯我連忙在下一個車站下車，然後跑回剛才看到他的街

道，可是我已經再找不到他的身影了。」

「可能他只是剛好經過那裡？」

「後來我問其他的朋友，才知道他近來每天下班後，都會到那個地方附近的健身房練習瑜伽……自那天後，每次乘車經過那個地方，我都會忍不住下車，走到他曾經出現的那條街道上，希望能夠碰見他，也希望自己不會碰到他……」

「嗯。」

「可是我一次都碰不到他。後來我有時回想，其實沒有人保證他一定會在那條街道出現，我卻為了那一次偶遇，而時常回到那裡去……但其實就算我們可以再遇，我們也已經無話可說，那我再去碰他、等他，又有甚麼意義呢？我自己一個人再執迷再認真，其實又是為了甚麼……」

「你有想過嗎，為何遇到關於他的事情，你會變得無法冷靜下來，甚至會變得過份認真？」

「認真嗎……也許，我只是不想自己將來會後悔吧。」

「即使對方最後都不會喜歡自己？」

「總要試過、努力過，才會知道結果的，不是嗎？」

「但有時候，你是明明早已知道那一個答案，有些人、有些感情，你再喜歡再不捨，最後還是不能夠勉強。」

「是的，我知道……有時也會想，為何會這麼執迷於這一個人，是因為真的好想得到他的喜歡嗎，還是因為，一直以來，自己都得不到別人的愛，所以才會想透過好好地愛一個人，來讓自己釋懷一點……即使自己無法得到，但還是會有另一個人能夠得到……你明白這種感受嗎？」

「也許，比起愛與被愛，你心底也在追求與嚮往，與另一個人有一種確確實實的連接吧……即使最後在你們之間，未能發展成一段愛情，但只要他願意接受你的付出、接受你這一個人的所有優點與缺點，你就已經覺得足夠，就會心甘情願？」

「我也不知道……」

「但這樣的你，有天還是會感到疲累與孤單，是嗎？」

「其實……都已經不重要了。」 23:52

因為一直得不到別人的愛，
所以才變得更加想去愛人

曖昧

/

Day 24 ／ 2226

「你有沒有試過，跟一個人很好很好，但是你們都沒有在一起？」

「對一個人好，並不等於會想要跟他在一起呢。」

「為甚麼？」

「我對一個朋友很好很好，可以是因為我喜歡這個朋友，但不等於我就會想跟這個朋友在一起。」

「如果互相喜歡，也不會在一起嗎？」

「問題是，朋友的喜歡，並不等於是愛情的喜歡。即使兩個人相處時偶爾會出現曖昧，偶爾會將對方放在很重要的位置，但是，這未必就是我們會將對方視為真正想要發展的對象。有些人會追求理想的愛情，但也有些人就只想擁有一段歷久常新的友誼。」

「……但如果你知道，這一個對你很好很好的人，他所追求的，並不只是友情呢？」

「那我會看，他會不會開口提出，他想不想我給予他一個明確的回應……如果他也知道，我對他就只有友情的喜歡，如果他也知道，若是我們將這一切都說清楚的話，這一段情誼以後可能會變得不再一樣……」

「如果彼此都選擇不開口，這段情誼就可以繼續延續下去，是嗎？」

「但是很多時都會事與願違。每一個人的性格與際遇都不一樣，有些人可以友誼永固，有些人後來還是會不再往還……明明彼此心裡依然都會掛念對方、著緊對方，但是這兩個人以後也不會再走在一起。」

「做朋友，也是要看緣份。」

「嗯。」

「但現實上，很多人都會以為朋友的喜歡，就是愛情的喜歡。」

「有時候，是我們不小心誤會了對方的意思，以為對方是想發展愛情；但有些人則是有心誤導別人，明明知道自己只是

想跟對方做朋友，卻偏偏向對方釋放出似是而非的愛情訊號，讓自己可以更順利地跟對方變得親近、甚至獲得一些好處……然後當對方因為這些行為而變得對自己有好感甚至喜歡時，自己才向對方說是對方誤會了、自己從來就只是希望跟對方做朋友……」

「但當事人可能還以為，這就是曖昧。」

「這的確是曖昧，只是曖昧過後，也會讓當事人變得難堪而已。」 22:06

只是我們都知道，朋友的喜歡，
並不等於是愛情的喜歡

值
得
／

「為甚麼一個人，可以無條件地去遷就另一個人？為甚麼我們只會記得那些對自己最不好的人與事？真正對自己好的、會珍惜自己的人，我們偏偏一再錯過，也不覺得可惜。」

「也許是因為，他們認為值得。」

「值得？是那些人值得自己去無條件付出嗎？」

「除了這個原因，也因為他們認為自己值得去擁有，與對方之間的這一段愛情。」

「……即使那個對象不是一個好人、甚至從來不會回報？」

「有些人會以為，得到不對的人由衷喜歡、尊重與認同，才是最真心也最難能的愛情……而他們認為自己值得去擁有這份愛，他們會相信，自己還是會值得去獲得對方的回報，就

算對方不好，自己也是值得去擁有這段關係，因為我都已經為他付出了這麼多……我是值得讓對方珍惜自己。只要將來他會為我而變好，也就沒有問題了。」

「那不是有點自討苦吃嗎？去追一個其實不值得的人……有方法可以讓這些人清醒過來嗎？」

「沒有完全地陷溺過，然後超過自己的極限，其實很難真正清醒過來……就算偶爾會痛醒，但之後還是會繼續表現得義無反顧地再試一次。與其說這是無條件地遷就，不如說這是一種自我滿足。」

「唉……」

「但其實……」

「嗯？」

「我們會關心一個人，一個未必也會同樣關心自己的人，有時也是因為，這是一種值得吧……即使對方不會領情，甚至不會知道，我們在他不知道的背後，有過多少煩惱與思念，就只希望他可以一切安好，只希望他可以快快樂樂、有天會遇到一個懂他疼他的人……是因為相信，對方值得自己的好，是因為相信，自己值得去擁有這樣的一段關係，即使那未必是如今自己最想得到的感情，但是，還是會不由自主地

為那一個人繼續默默付出、犧牲，就算偶爾會不快樂、會失望，但你還是會認為應該如此下去，始終不會走開，也不會要求回報，更不會問自己值不值得，就只願他活得自由自在、快樂幸福⋯⋯是嗎？」

「是的⋯⋯」 00:58

你是值得別人的好，
但不是只值得他偶爾的好

善
待

/

Day 35 ／ 2237

「這些年來,你有為自己所愛的人,做過一些瘋狂的事嗎?」

「唔⋯⋯我經歷過的愛情,通常都不是太戲劇性的,與其說瘋狂,比較傻的事情還是有一些。」

「例如呢?」

「例如嗎⋯⋯記得以前讀書時,我喜歡過一個女生,那時候我們住在不同的地區,尤其是我,每天上學就要乘大約四十分鐘的車才可以回到學校。但是因為我想有多點機會接近那個女生,於是我就跟她說,以後每天我們都一起上學吧。她聽到之後也沒有表示不好,於是之後每天早上,我都會乘一小時巴士,去到女生所住的地區,然後在巴士站等她到來,我們再一起乘巴士上學⋯⋯」

「你學校的第一堂課是幾點鐘？」

「好像是八點零五分。」

「那即是說，你每天都要在七點前出門嗎？」

「是六點十五分才對，因為她喜歡提早回校，跟朋友聊天或做功課。」

「……這樣子的接送，維持了多久呢？」

「大約是半年吧。後來她喜歡了學長，我就沒有再這樣去等她上學了。」

「會累嗎？」

「也不會很累，現在回想起來，也是一些開心的回憶，例如我們會在空無一人的巴士車廂裡吃早餐，她總會怪我買得太多，但每次她還是會好好的吃完。」

「聽上去好像也很開心。」

「嗯。」

「還有嗎，還有其他做過的傻事嗎？」

「唔……曾經工作上認識了一位不同部門的同事，平時她對我很好，好得曾經讓我以為她是喜歡我。有一次，我們下班後一起吃晚飯，飯後我們兩人在海邊散步，原本我以為她是打算對我表白，怎知道她對我說，原來她喜歡的是我另一位同事。」

「哈哈，原來是你表錯情嗎？」

「是啊，唉……然後直到那個時候，我才察覺自己對她的感情，原來不是她喜歡我，而是我對她早已有太多的好感。」

「嗯……之後呢？」

「之後，我就幫她去追求我的同事，直到半年後，她終於成功向他表白，他們兩人走在一起，聽說現在依然相處得很好。」

「之後你們還有繼續做朋友嗎？」

「沒有了，後來我換了工作，也沒有再約出來見面。」

「會覺得後悔嗎？後悔去幫她追你的同事。」

「偶爾吧，但其實那段時間裡，我也可以跟她親近，也不是完全沒有好處。」

「但是⋯⋯我覺得當時的你，應該會感到很累吧？因為喜歡的人並不喜歡自己，而且你還是去幫她追求別人⋯⋯」

「我想，在愛情的世界裡，最疲累的事情，並不是為對方付出了很多很多、做過太多瘋狂的事情，而是我們想待一個人好，但是對方不會接受、不會領情，想好好去愛一個人，但最後還是只會有一種，自己並沒有資格去愛人的錯覺。」

「嗯。」

「你呢，你有試過為另一個人，去做一些傻事嗎？」

「我想，最近已經做了很多很多了，哈哈⋯⋯我只想好好去愛他，但是我真的已經很累很累了⋯⋯」

「嗯。」

「其實我為他所做過的，也只是一些微不足道的小事吧，是嗎？」

「你有聽說過嗎，要愛一個人之前，要先好好學習去愛自己。」

「我有啊，我有好好愛自己。」

「嗯，如果你真的有好好愛自己，那麼你應該會懂得，去思考如何才可以善待自己，做甚麼事情會讓自己快樂……例如你最愛吃甜品，那麼是哪一款甜品？是哪一間店的甜品？應該不是隨便一款甜品你都會喜歡吧。當你越深入去思考自己最喜歡甚麼，當你越是誠實面對自己內心的感覺，你就會漸漸發現，有哪些事情會讓自己舒適暢快一點，善待自己，原來可以有很多種方式與可能，然後你就會開始累積更多經驗與智慧，學習到愛自己的同時，如何去愛另一個人……所以，懂得善待自己的人，通常也會比較懂得如何去善待別人。縱使這一點愛最後未必可以與對方開花結果，但至少，你有真的好好愛過，再疲累也好，你都對得起你自己。」

01:22

善待自己，才懂得善待別人，
才會更懂得，如何更自在地面對孤單

暗
戀

/

「你知道嗎，要一個暗戀者去誠實面對自己的感覺，是一件
多麼困難的事情。」

「例如呢？」

「例如啊，明明很喜歡對方，也只能將心意藏在心底，明明
見到對方時很緊張，也只可以用笑臉去掩飾⋯⋯你知道他不
喜歡你，你就只能繼續假裝去做他的朋友，欺騙彼此要友誼
永固；你知道自己對他而言其實可有可無，但你還是要表現
得一點都不在意，因為你知道自己沒有不開心的資格，你只
能夠以不在意來挽回繼續留在他身邊的資格⋯⋯他喜歡了另
一個人，你要為他打氣，他失戀了，你要壓抑著自己的情
緒與感受，靜靜地陪他療傷⋯⋯然後當有天他找到另一個
喜歡的人，你還要笑著去祝福他，要告訴自己可以功成身
退⋯⋯有時其實連我自己都分不清楚，是不是已經習慣去欺
騙自己，還是其實這樣去做他的一個朋友，也可以是一種幸
福⋯⋯」

「但縱使如此，偶爾你還是會回想起，你喜歡這一個人，你其實也想得到他的喜歡，只是如今你選擇以暗戀的方式，來繼續留守在他的身邊……就算你欺騙了所有人，但你對他的感情，卻是比誰都要更深刻，是嗎？」

「是的，只是有時，我會覺得這樣的自己好笨好傻。」

「嗯，這或許是傻，但誰沒有曾經這樣傻過呢……誰沒有曾經以為，就只可以這樣暗戀下去，就只可以讓這份感情悄然告終。」

「但還是會想……如果有天這份暗戀可以開花結果，那有多好。」

「如果可以坦然地面對自己這份感情，其實已經很好。」

21:36

有時最難承認的，不是暗戀一個人，
而是因為這份暗戀，自己竟然會變得無盡卑微

生
日
／

「如果下一次他生日的時候，我可以忍住不去傳他短訊，不
去跟他說生日快樂……我想到時候，自己應該是可以真正放
下他吧。」

「嗯，他甚麼時候生日呢？」

「還有一個月。」

「那麼在他生日之前，你會一直想著這個可能，你還是會為
他這個人有太多不必要的胡思亂想吧。」

「……但是只要我忍住不去祝他生日快樂，我就可以放下
他。」

「你不去祝福他，不等於就是放下。你仍然會為一個其實與
你無關的日子，想得太多太多，最後還是又勉強自己，去做

一個不自然的你吧。如果是真的完全放下了，他生日不生日也好，對你來說也是不再重要；如果你仍記得他的生日，你可以隨心去傳他短訊，也可以選擇甚麼都不做、甚至讓自己從此忘記這一個日子。所謂放下，其實可以很簡單，但當我們還是會為一個人想得太複雜的時候，那倒不如不要勉強自己去做一些違心的事情，到頭來反而欺騙了自己。」

「其實……之前聖誕節的時候，我也試過傳短訊給他。」

「試過……即是後來有按鍵傳送出去了嗎？」

「嗯。在聖誕節之前，我猶豫了好幾天，到底要不要傳訊息給他，即使那其實就只不過是最普通的『聖誕快樂』……我猜想了很多種可能，如果他收到我的短訊，他會不會不高興呢？還是他可能會意外，我竟然還會主動傳他短訊……如果他回覆我，我應該跟他說甚麼才好？我應該表現得冷漠一點嗎，不要讓他知道我真正的想法？還是我不要太快就去回覆他的訊息，不要讓他察覺到我對他還會在乎……但其實，我還會主動去傳他祝福短訊，就即是代表我對他這個人還有一點在乎吧，這樣就代表你已經輸了，是嗎？若是已經不在意，其實就應該不要再傳他短訊，就算哪天他心血來潮突然主動找你，你也是不應該再回覆他……很可笑吧，當時的我竟然為了要不要傳一句『聖誕快樂』，而獨自煩惱了這麼多。」

「其實這並不可笑，你只是對這個人還有太多認真及在意……其實你已經很努力了。」

「但最後，我還是傳了聖誕快樂給他。我選擇等到第二天快中午的時間，才按鍵送出。我以為這樣會表現得我不是很在乎，我甚至還編了一個謊言，說是剛巧看到收到朋友的祝福短訊，覺得短訊的內容好可愛，所以才想要轉寄給他，而且我也只是剛好想問一下他的近況，所以才傳短訊給他……」

「你真的想得很多呢。」

「只是想得再多，最後也是沒有用處。短訊傳出去之後，螢幕剛好顯示他有在線，他應該是第一時間就接收到我的訊息……但是之後，他都沒有按鍵回覆，一分鐘後、一小時後、一個下午後、一整天後……他始終沒有打算回覆。我忽然明白，一切都只是我自作多情吧，與其說我們仍然是朋友，不如說我們已經連一對會應酬客套的朋友，也不如……」

「彷彿就是自己一個人入戲太深。」

「嗯……所以來到這年，我才會想，不如別再傳他短訊吧，就算我還記得他的生日、我還會在乎他這個人，也只不過是我一個人的事，都只是我自己單方面的自欺欺人；以後就不要再打擾對方，這才是我所能給予他的，最後的一份生日禮物。」

「嗯，就用無聲的思念，來代替那一句生日快樂，還有最後一次的已讀不回。」 23:45

並不是不再去做些甚麼，
就代表你可以從此放下這一個人

有
時
限

／

「你有聽說過嗎，對一個人好，原來也是有時限性的。」

「是因為付出的人，終有天也會心淡嗎？」

「或許，但更多的情況是，再貼心的溫柔，有天對方也會視作理所當然，就算你待他更好，他也是不會有更多感動。」

「所以……不是我們的付出會有極限，而是接收者的耐性，可能會比我們更快地耗盡？」

「然後即使如此，你還是不會去想，是不是應該就此放棄。」

「……以前，我試過對一個人很好很好，我曾經以為，只要我可以對她更好，有天她就會變得喜歡我，可是她彷彿都不為所動……直到有一天，我認識了一個女生，她對我很好，

從來沒有一個人會對我這麼細心、體貼關懷，而且無論我對她如何冷淡、有心疏遠，她還是會鍥而不捨地主動找我，約我去咖啡店、看電影。曾經我有想過，是不是應該要接受這個女生的這份感情，如果我和她在一起，應該比起我繼續單戀一個不會回應我的人，要來得幸福吧？」

「但是……後來你還是沒有跟她在一起嗎？」

「嗯。」

「為甚麼？」

「有天，我們一起去看電影。在電影開場之前，她問我想要喝些甚麼飲料，我說我想喝沒有冰過的烏龍茶……其實開口之後我有點後悔，因為我知道那間戲院的小食部只有冰的烏龍茶，如果要沒有冰過的烏龍茶，就要走五分鐘路到便利店才可以買到。正當我打算跟她說要點別的飲料，卻想不到她在背包裡拿出一瓶烏龍茶……我忍不住問她，為甚麼她的背包裡會有烏龍茶，她說她是特意為我準備的，因為她記得我看電影時會喝烏龍茶……我沒想過她會留意到這些細節，但其實……」

「烏龍茶本來並不是你喜歡喝的飲料，而是另一個她喜歡喝，是嗎？」

「嗯。那刻我不由得回想，以前的我，是怎樣留意到另一個她喜歡喝烏龍茶呢？其實我也是暗暗留意她的喜好，我也曾經為了準備烏龍茶給她，而在約會之前將烏龍茶藏在背包裡。想不到如今有一個人，在對我做著這些事情，但是我心裡一直念記著的，卻始終是另一個她，我真正喜歡喝的，其實並不是烏龍茶……那刻我心裡覺得有點可笑，也覺得自己很自私，因為我正在浪費著眼前這個人的時間與心血。因此後來，我決定不要再見這個女生，即使她來找我，我也沒有再接聽她的電話。」

「到最後還是只能錯過這個待你好的人呢。」

「但是幸好有她，我也終於清醒過來。」

「清醒？」

「為一個不在意你的人再執迷不悟更多，最後還是不可能成為對方心裡的第一名……我無法放手，或許並不是因為我太想成為她的第一名，而只不過是因為我從未得到過而已。」

02:01

對一個人好，是有時限性的，
但喜歡一個人，卻可以沒有限期

猜

到

/

Day 55 / 2257

「有時還是會忍不住想，以前他有沒有認真喜歡過我。」

「如果沒有半點喜歡，你們也不會由陌生變得熟悉吧。」

「嗯，只是後來還是由熟悉變回陌生。」

「或許這就是你們兩個人之間的極限？又或許，他對你的喜歡，並不如你們所想像或預期的那麼深。」

「其實⋯⋯如果他不喜歡我，為甚麼當時會一直跟我曖昧，一直讓我留在他的身邊？」

「有時候，一個人將你留在身邊，不等於他也將你留在心裡。」

「⋯⋯他心裡若是沒有我，那他一直以來的溫柔、關心與體

貼，難道都是假裝出來的嗎？」

「或者不用想得這麼嚴苛……也許，他的心裡是有你的存在，只是他的心裡也有其他的人；他可能也有點喜歡你，只是你不是他最喜歡的人。有些人，像你，就只想去喜歡自己最喜歡的人，如果無法在一起，你就寧願誰都不要。但你可以這樣專情，不等於你喜歡的人也會跟你一樣。」

「我還是不明白……或者是我太笨吧，我真的不懂得，他的心為何可以容納更多的人。」

「其實你並不是不懂得這個現實，只是你會期許，你所喜歡的人，也是會跟你一樣認真地看待這段感情而已。」

「是我的錯嗎？」

「不，你沒有錯，說到底，人與人的交往，本來就是兩個性格、背景、想法不同的人，去互相認識及磨合的一個過程。能夠早一點去看清彼此的不同、確認對方有沒有相近的想法與心態、有沒有可能一起去尋找你們的目標……可以早一點知道這些答案，其實也是一件好事啊。」

「但是我最想知道的是答案，卻沒有人可以給我一個認真的確定。」

「又或許，你心裡面早已經猜到這個答案了，不是嗎？」

「猜到與肯定，始終是不一樣的呢⋯⋯」 23:01

並不是每個人都像你一樣，
心裡就只容得下自己最喜歡的人

無法捨棄捨棄你的誰

其實，
你不是不懂得放棄。

其實，
你不是真的那麼堅強，
會難過，會疲累，會受傷，會寂寞，
有多少次，你在這條路上，
一個人默默走著，
不知道方向，找不到終點站，
你有多想就這樣算了，
就不要再執著下去，
何必再讓自己承受更多刺痛……

但最後，

你還是重新回到那個起點，

告訴自己一切還未完結，

告訴自己，再苦再累再痛再無望，

這一切都是值得的，

只要一天不放棄，

這一個故事，

就不會有真正終結的一日⋯⋯

縱使他已經離開，

也不會在乎，

你知道其實應該放棄，

只是如今你還是會太喜歡這一個

誰

繼
續
/

「偶爾會想，自己是不是應該繼續喜歡下去。」

「沒有應不應該的⋯⋯如果，就算別人怎樣說，你還是會將一顆心都放在那個人身上，那麼繼續喜歡下去，其實本來就是一件自然不過的事吧。」

「這樣子⋯⋯不會很傻嗎？」

「喜歡一個人，這件事本身怎算是傻呢⋯⋯喜歡得沒有底線，喜歡到沒有了自己，才是傻的開始吧。」

「真的可以繼續喜歡下去嗎？」

「你應該去問你自己，如果你想念這個人，或是繼續和他相處，你會覺得開心一點，或是快樂的時候比難過的時候要多，那為甚麼不可以喜歡下去？」

「有時我會覺得快樂，但有時我也會覺得，自己何必要這樣喜歡下去，根本就不值得吧，不只他也不會明白或憐惜，其他人也不會有任何支持。」

「但其實，單戀一個人，本來就是一個人的事。有更多人支持也好，沒有人支持也罷，對於結果而言，也是不會有太多改變吧……因為如今我單戀的人，並不可能會喜歡自己。若是如此，其他人的意見與看法，又何必要太過在意？」

「喜歡一個人，總是會希冀自己有天可以與對方在一起嘛。如果我的朋友喜歡了一個人，我也會希望他的喜歡可以開花結果、他喜歡的是一個值得去喜歡的人。」

「對你來說，喜歡一個人，是希望可以和對方開花結果嗎？」

「前提是，如果他也會喜歡這樣的我……然後當有天我明白，他不可能再喜歡我，但我還是會繼續喜歡這一個人，那或許，我不是一定要和他在一起，只要他可以得到幸福快樂，我也會替他感到高興。雖然有時會感到孤單，會為自己有過的付出而感到不值，但至少我們兩個人之間，有一個人可以獲得幸福……只要這樣去想，我就覺得自己沒有那麼難過了。」

「那是不是可以這樣說，對於現在的你，繼續喜歡一個人，

就只是希望對方可以過得好好的，你不需要一些實質的回報，因為在這過程裡你也可以感到一份滿足感？」

「或許是這樣。」

「若是如此，一般人所追求的『喜歡一個人就是要跟對方在一起』、『應該要找一個喜歡而又值得的人去共度餘生』……這些價值觀，其實並不適用在你的身上啊。人與人之間的相處與交往，可以有很多種不同的情感，喜歡一個人也是一樣，有想得到的喜歡，有得不到的喜歡，有默默思念的喜歡，有默默守護的喜歡……如果你在這個喜歡的過程裡，真的由衷感到滿足快樂，甚至獲得一份真正的幸福感的話，其實你沒有必要勉強自己去迎合或遵從別人的戀愛定義，也沒必要去跟別人比較，誰比較快樂、滿足、幸福……每個人都有自己的路，都有不同的故事，為甚麼我們都一定要追求同一個模樣，為甚麼單戀一個人，就是註定會不幸、會不可以得到別人的認同與祝福呢？」 20:20

有多少次，未可完全放下那一個誰，
也沒勇氣繼續虔誠地喜歡下去

找
我
／

「昨晚，他突然傳短訊來找我。」

「他好像已經很久沒有找你呢。」

「差不多三個月吧。」

「那你有回覆他的短訊嗎？」

「嗯。」

「有事相求？」

「你又知道。」

「通常都是這樣吧，無事不登三寶殿。」

「是的⋯⋯他每次都是這樣。其實我已經厭倦了，他有事才會來找我、沒事就從來不會理我的那種態度⋯⋯每次收到他有求於我的短訊或來電，我感到的竟然不是自己被需要，而是一種已淪為後備的卑微。」

「你想得太複雜了⋯⋯怎樣也好，他會找你，是因為他也記得你，你在他心裡能夠佔一席位，總好過他已經完全不記得你，不是嗎？」

「有時候，我會寧願他不記得我，那樣的話我或許會更自由自在。」

「但是你若真心地對他好，他有天總會感受得到，然後可能也會用真心來對待你？」

「在那天來到之前，我想我可能已經首先透支太多，而筋疲力盡了。是的，想認真交往，是需要主動去交心，但也要看對象。我可以對這個世界的人盡量保持善良，但不等於自己值得被別人一直消磨我的真心與溫柔。就算我再努力地提醒自己，好心會有好報，但最後還是會有一種犯賤的感覺，他也不會察覺或在乎我這點困倦與委屈⋯⋯我知道這已經是有點太過認真，甚至執迷不悟，若是如此，我又為何要勉強自己繼續裝好人，為何不可以還自己一個自由，對自己好一些？」

「嗯⋯⋯但是這次，最後你有答應他的請求嗎？」

「嗯。」

「那麼下一次，你能夠做到，不要再答應他嗎？」

「也許。」

「不要再回覆他的短訊，好嗎？」

「好。」 21:32

有時會寧願你不要想起我，
我才可以尋回片刻的自由

難
堪

／

「後來，我還是沒有完成他想我做到的事情。他之前想我為他的工作免費幫他畫一幅插畫，我想了幾天，因為實在沒有空餘的時間，所以最後還是回絕了他。」

「也好啊。」

「只是⋯⋯」

「嗯？」

「當我回絕他之後，我彷彿感受到他有多失望。」

「他會失望，是很平常，但這不等於是你的責任啊。如果你本來也覺得，他只是有事才會主動找你，平常卻對你一直不聞不問，你不想再如此下去，那麼你也沒必要再勉強自己負上這點本來與你無關的責任⋯⋯」

「但是，是我早前答應他在先⋯⋯」

「唉。」

「於是，我還是跟他說了抱歉，並對他說，這一次我會繼續幫他畫插畫。但是他的態度卻依然冷冷的，直到我完成了插畫、用電郵傳送給他，他也只是在電郵裡簡短地道謝，沒有再回應及傳送任何短訊給我⋯⋯是我不好吧，我不應該拒絕他的，怎樣也好，至少也要去幫他這一次。」

「其實你沒有必要讓自己變得如此難堪。」

「或許吧⋯⋯就只是我無法對他做到完全絕情。」

「又或許，你要做的，並不是要對他更加絕情。你越是表現得不在乎，你內心的天秤就更加傾斜，雖然別人是未必會察覺得到，但你內心依然會感到無盡的卑微、感到自尊受損。」

「我不想讓他發現我還會對他在乎。」

「他不會發現，真的。他如今只會去在乎他想要喜歡的人與事，而你是已經屬於過去式，他不可能還有時間去留心你的感受與情緒起伏。其實，如果你不再回覆他的訊息，他大概第二天就會忘了。」

「我忽然明白了一件事。」

「嗯？」

「我既不想讓他發現我還會對他在乎，但原來我也不想去承認，他已經對我不會再像從前般在乎了，他甚至不會在乎我在不在乎……謝謝你告訴我這個現實，我一直都逃避去接受，但其實來到這天，我們都不會再見，那麼我有沒有變得更難堪，又有甚麼關係呢？」

「傻瓜，至少，你可以不要再讓自己還有疼你的人，變得更加心痛啊。」 23:08

或許你無法做到對他絕情，
但何必為他變得更加難堪

面具

/

Day 70 ／ 2272

「有時真的感到累了，會甚麼都不想再說。」

「但偏偏在那些時候，你會發現，原來沉默，有時也是需要資格。」

「是呢……有些人會問，你為甚麼不說話了，是在生氣嗎，是有人得罪你了嗎？」

「又或是，他們會直接問你，是不是不開心，有甚麼事情值得不開心呢，有甚麼情緒真的不可以放下來呢……漸漸就會感到有一種壓力，覺得自己的不作聲，好像變成了別人眼中的異類，是你影響了所有人的心情。」

「但是其他人都只會認為你自己想太多了，是你想得太負面。你看，明明就有那麼多人關心你。」

「對呢，世界這麼美好，我還需要再去說些甚麼呢。」

「唉……」

「唉。」

「偶爾也會有人說，如果真的感到累了，其實可以摘下面具，讓自己自在一些啊。」

「之後呢？」

「沒有之後了，後來我們沒有再聯繫，或許是因為，他覺得我沒有對他真的交心，我沒有跟他好好分享我的煩惱吧……他希望認識摘下面具的我，只是我已經太習慣用這樣的方式來與別人交往。」

「但……摘下面具的你，是你，帶上面具的你，也是你啊。如果只是想認識摘下面具的你，那麼戴上面具的人，就是真的不值得去認識和了解嗎？」

「我也不知道，只是我已經將這些事情看得很淡了。我會摘下面具，但我不會勉強在別人面前坦露自己，也不會追求別人去了解自己的虛假與真實……有時我會覺得，真正的疲累，並不是因為我戴著面具來做人，而是在我戴著面具的時候，再沒有人願意來接近我了……但其實那已經是我僅餘的

一點自我保護。你明白嗎？」

「或許有時我們看事情也看得太簡單⋯⋯面具就是虛假，掩飾就是沒有交出真心，不主動對人說話就是太過自我保護。」

「嗯。」

「但真的，如果不想說，就不要說吧，如果想微笑，就儘管去笑⋯⋯反正到頭來，總會有人不願意了解自己，我們未必會找到可以交心的同伴，但是也無需為了有人陪伴而迎合對方。」

「嗯⋯⋯」 02:28

我們都習慣戴上面具，
也習慣對戴上面具的別人與自己，更加嚴苛

患失／

Day 75 ／ 2277

「我以後都不會再主動找他了。」

「你終於都學會放棄了嗎？」

「或許吧⋯⋯又或許，我只是選擇讓自己留在一個較輕鬆的位置，去等待有天他會來主動找我，這樣我就可以比較確定，他是真的需要我，而不是我單方面為他這個人想得太多。」

「⋯⋯你現在不是已經為他想得太多了嗎？」

「但是我已經很努力了。」

「是的。但如果他真的會回來找你，你的努力就會付諸流水了。」

「但是他不會回來找我的⋯⋯他已經很久沒有試過主動找我。」

「但你還是會期待,然後為這一個不可能的希冀,而繼續患得患失⋯⋯是嗎?」

「你這樣說,我忽然想起了一件小事。」

「嗯?」

「有一次,他快要生日了,那時候我為了這一個日子,一直都很惶惑不安,幾乎每天每晚都想著、念著,連晚上都無法好好安眠⋯⋯」

「為甚麼呢?是因為你準備了生日禮物給他嗎?」

「原本,我是好想可以為他慶祝,也已經想了要送他甚麼生日禮物。只是當我提出想跟他慶祝生日時,他的態度卻不置可否⋯⋯最初我不明白為何如此,漸漸我才想通,也許除了我之外,還有另一個人會替他慶祝生日,而他還未能作出確定。」

「原來他還有其他選擇。」

「但之後我又發現,其實沒有人向他提議慶祝生日,只是他

很期待某一個人會在他生日那天為他慶祝⋯⋯」

「即是⋯⋯你很期待慶祝他的生日，他卻很期待另一個人為他慶祝？」

「嗯。」

「那，當你知道後，你還是很想替他慶祝嗎？」

「雖然感覺變得更不安更難受，但我還是很想好好替他慶祝，也會想，如果我最後可以為他慶祝的話，那應該就代表，我在他的心裡終於佔了一個席位⋯⋯所以我才變得更加期待，好想自己最後可以替他慶祝。」

「傻瓜。」

「嗯，我知道我很傻。」

「那你最後有等到嗎？」

「在他生日的前兩天，他傳訊息來跟我說，他很想看某齣電影，生日那天可以一起去看嗎？」

「真好啊，他答應你了。」

「嗯……最初我也是這樣想，於是我就更加緊去準備本來要送他的禮物、蛋糕還有驚喜，希望在當日可以渡過一個難忘的生日。但是到了那天早上，我原本準備要出門了，他卻又傳來訊息，跟我說抱歉，那天他突然有事，不能再跟我一起去看電影。」

「……是他最後約了別人吧？」

「後來聽其他人提起，是的。」

「你會覺得他很自私嗎？」

「那時候我只會想，自己不夠好，不能夠得到他的喜歡，甚至同情……也會想，他其實應該也會知道，我是有多想為他慶祝吧，我是已經付出了多少心血，但是他最後連一點同情也沒有留給我……是我真的不值得他的憐憫嗎，還是他真的一點也沒有發現，我有過的難堪，我對他的喜歡？」

「然後你為了這些謎題，讓自己又再一次感到患得患失……」

「嗯。」

「可以答應我一件事嗎？」

「甚麼事？」

「無論那一個人是誰、是不是值得讓你去追、讓你去等的人，無論你有多喜歡在意對方、無論你多想得到對方的在意，請你不要再一次讓自己長時間陷在患得患失的情緒裡了，不要再因為一個得不到的確認或答案，而無止境地傷害你自己，消磨你自己……可以嗎？」

「嗯。」 03:02

有時候，不會再主動找一個人，
就只是不想再為對方有更多患得患失

消
失
／

Day 80 ／ 2282

「我終於想通，他為甚麼不會再傳我短訊。」

「因為？」

「他之前會不停傳短訊給我，跟我聊天，是因為在當時當刻，他需要有一個人陪伴，即使不會在身邊，但至少可以在文字裡得到一些慰藉⋯⋯而我就剛巧是那一個可以立即回覆他、也願意陪他一起寂寞的人，就只是這樣而已。到之後他突然不再傳我短訊、已讀不回，我想他應該是找到其他可以陪伴他的人吧，他現在已經不再覺得寂寞，不再需要在手機裡尋找一些其實他不真正需要的溫柔與安慰⋯⋯」

「但是之後他可能也會像往常一樣，突然傳訊息給你，讓你又再沉溺下去。」

「嗯。」

「那不如想，他並不是不需要你的溫柔與安慰，他是需要的，更明確點說，他是貪求你的關心與喜歡，只是他也知道，自己沒有資格去一直浪費你的認真與付出，也害怕你有一日會去要求他回報、會想跟他更進一步發展，所以他寧願選擇用手機短訊這一種可以直接溝通、但其實不會真正親近的方式，來得到他想要的溫柔與安慰，並隔絕你希望得到的親近與回報。」

「其實……」

「嗯？」

「或許他是從我那裡得到他想要的溫柔或安慰，但如果這樣說的話，我也從他的身上，得到我想要的東西……例如喜歡一個人的感覺，例如一個很難完成、但是我可以繼續去追去等的目標。其實我不需要他的回報，只是他從來都不會問我，我也無法告訴他知道……」

「怎麼了？」

「沒甚麼，只是忽然覺得，我們已經談過了這麼多個夜深，以為已經很了解對方，但是到最後，有些事情還是沒有說清楚，我們始終都沒有真正交心……這是我覺得最遺憾的地方。」

「最遺憾……不是他始終沒有對你認真嗎？」

「或許他是終於認真待我，才沒有再主動來找我……是嗎？」 01:45

他不是不需要你的溫柔，
只是他也知道，自己沒資格浪費你的認真

日
子
／

「有沒有一些日子，你是只會留給某一個人？」

「例如呢⋯⋯是對方的生日嗎？」

「嗯。」

「也有的，有些日子，大概將來是永遠都不會忘記吧，例如
是生日，又或是我們最初認識的日子⋯⋯是嗎？」

「其實有時也會想，這些小事可能連對方都已經不記得吧，
但我竟然還特意去翻看之前的訊息記錄，確認我們是在哪一
天、哪個小時初次認識他⋯⋯」

「可以告訴我是哪天嗎？」

「十月二十三日的晚上，大約八時四十分。」

「真的很仔細呢。」

「嗯，明明這些事情是有多瑣碎，而且他也是已經與自己無關。但是那天到來了，還是會不由自主地想起對方的一切，還是會想起以前與他相處過的回憶……然後就會想，不知道他這天會過得如何，不知道自己還可不可以為他送上祝福……然後又會想，自己如今還算是他的誰呢，是朋友嗎，但後來我們都不再往還了，是陌生人嗎，但明明我們曾經是對方最好的朋友……然後一直想一直想，時間還是會一點一點溜走，最後那一句生日快樂，還是會沒有按鍵送出。」

「已經多久了？」

「不記得了。就只記得，那一天、那個時間，都是留給了那一個人，對我來說，那就是屬於他的紀念日。雖然他也不會知道，我一個人為這些曾經而紀念、流過一些眼淚，是我自己一個人的浪漫，既可笑也卑微的浪漫……」

「嗯，但與其說，你是將這天留給這一個人，不如說，你是還沒有從這一天走出來呢……明明他都不會在乎了，但你還是會為他念念不忘，他不會知道，但你卻變得更難去放過自己。」

「或許吧……但如果連這一點小事，我也不堅持下去……這一段曾經，就真的會從此告終了，是嗎？」

「其實……唉，堅持或不堅持，忘了或忘不了，本身沒有對錯，如果你堅持的時候覺得快樂，如果你牢記的時候感到盡興，旁人也沒資格對你說些甚麼。只是我們要對自己坦誠，如此下去，是否真的開心、是否真的情願……」

「那如果，我覺得不開心，但同時也覺得，這樣執迷下去，會比較心甘情願，會比較盡興……若是這樣的話，又可以嗎？」

「……可以的，是你的話，我都會說可以。」

「謝謝你。」 23:58

總有一些日子，你只會留給那一個人，
但是他永遠都不會知道

不
往
來
/

Day 85 / 2287

「你有沒有發現，不再找一個人，跟不再想念一個人，有時兩者好像差不多……但是當真正要去實行的時候，才發現原來後者是更難做到。」

「所以，後來當有人問，你還會想她嗎，我都會答，不會了，真的不會了，以後我都不會再讓你們發現，其實我現在仍然有多想念那一個誰。」

「嗯……其實只要他不會再來找我，我就可以繼續假裝已經放下他。」

「以前我也曾經像你這樣想過。」

「那後來你有覺得好一點嗎？」

「我也不知道有沒有好一點。」

「為甚麼？」

「因為如今我們已經陌生到，連收到她短訊的機會也沒有。她不會再找我了，我也再沒有機會，好好跟這一個遺憾說再見⋯⋯然後，她反而變成了我最念念不忘的那個人，她沒有再出現，我也沒有機會再去驗證，自己其實是否真的還未放下她。」

「嗯⋯⋯最近我一直都在想，要怎樣做才可以真正忘記一個人，但無論我怎樣去思考，也是找不到任何方法⋯⋯到最後我發現，再如何忘記也是徒勞無功，因為那些悲傷與難受，會無聲無息地、一點一點地融入以後的人生裡。我只能夠嘗試用更多的時間、用其他的回憶，來沖淡那些悲傷，或告訴自己可以放下了，可以繼續往前走了，直到別人都忘記了，我曾經無論如何都無法忘記⋯⋯」

「嗯，不是你終於都忘記了，就只是別人已經不會再提起。」

「這樣我才可以自在一些，一個人去靜靜地思念，一個人繼續面對那些，不可能忘記的曾經。」

「說到底，其實沒有可能完全忘記她這個人吧。既然如此，那我寧願不要勉強自己去刻意淡忘、去刪除她的一切記錄，只要不再往來，我就不會想要知道她的近況，只要不再問候，我也不會因為她活得比我更好或更不好，而又不自禁地

想得更多……只要可以繼續活在沒有她的世界，我知道自己
總有天可以放下，可以真正放開或釋懷。」

「即使你其實仍然不捨得這一個人？」

「就算我有多不捨得，但也不等於我值得去擁有這一個
誰……或者我應該慶幸，可以選擇不再見這個人，而不是
這個人依然會每天出現在我的身旁，就算想逃避也逃避不
了……若是這樣想的話，其實我已經比別人更加幸運了。」

「真的可以這麼豁達嗎？」

「這不是豁達，我只是選擇用這一種比較不會太痛的方式，
去紀念那些遺憾與曾經而已。」 22:08

或許不要往來，就是最好的再見，
不要問候，就是最好的忘記

換名字

/

「你有試過嗎，想要換另一個名字，然後用新的名字去重新開始？」

「有想過，但沒有真的試過。」

「嗯。」

「但我想起了一個朋友呢。」

「你朋友試過這樣嗎？」

「類似吧，但其實她只是在臉書裡，換名字。最初，她臉書的名字是 Tiffany Yuen 。去年七月時，她將名字改成 Pei Yee Yuen，那是她本來的名字。去年八月，她又將名字改做 Katniss Ever Yuen，據說，Katniss 是她喜歡的小說主角名字。一月時，因為有些朋友問起她為甚麼改名，於是她將名

字改回 Pei Yee Yuen。但之後過了不久，她又將名字改成 PY Yuen。到了七月時，她又再改成 PY PY 。然後到了九月，她決定乾脆換另一個名字：Cherry Wong，一個不屬於她的姓氏、她也從來沒有用過的名字……」

「為甚麼她要這樣頻繁地改名呢？」

「我沒有問她真正的原因，但我想，她只是不希望被一些人認出來。」

「真的可以嗎？」

「我也不知道是不是真的可以……以前有另一位朋友，有天他忽然將自己的 IG 賬號，換成了無印良品的招牌，並將 ID 換成是 muji……然後他還一連發了十幾個貼文，都是無印良品的產品圖片，並在圖片下認真地寫上那一款產品的特色與功效。」

「他是無印良品的員工嗎？」

「當然不是啊。最初我在 IG 裡，突然連續看到這麼多無印良品的產品圖片，我還以為自己甚麼時候不小心追蹤了無印良品的 IG 賬號。但是當我點進那個賬號去看，發現這個『muji』賬號的追蹤人數卻出奇地少，我就不禁想，這個應該不是真的無印良品吧，然後我就發現，他原本是我一位朋

友的賬號。後來我問他，為甚麼他要換掉頭像與 ID，甚至將以前的貼文都刪除了、換成產品相片，朋友卻只是苦笑一下，並跟我說謝謝。第二天，他的 IG 就換回以前的頭像照片與 ID，只是從前的貼文，他就沒有再還原過來。」

「嗯，可能他是有些不得已的原因，而要變換頭像與名字吧。」

「或許，但又或許像你最初想問的，他們想要用另一個名字來重新開始。」

「但用無印良品做名字……又好像有些奇怪呢。」

「是啊，不過有時就會想，如果我在臉書或 IG 裡，換了一個大家都不認得的名字，那麼到最後，還有多少人會仍然記得自己呢，就算曾經再友好再親密，如果當我有心躲藏，又會有多少人會願意主動去尋找，這一個卑微的自己……」

「又何必這樣對待自己，還有別人呢……」

「但有時候，人就是會這樣想不開，想要找一個不一樣的可能，讓自己可以再重新開始，是嗎？」

「我明白這種心情。」

「你明白？」

「因為……如果真的可以重新開始，真的可以讓別人重新認識自己，那有多好。」 23:06

如果這個名字，無法讓他牽掛，
那麼換個身份，是否就會有另一個結果

放
下
/

「這些年來，你有沒有遇過一些，你很在乎，但是必須要放下的人嗎？」

「真要說的話⋯⋯想要在乎的人總是很多，可以放下的人往往很少。」

「我覺得，在乎與放下，本身是互相矛盾的事情⋯⋯很多人常常都跟我說，應該要放下，早晚會放下，但是重要的事情，不是說放下就可以放下吧。我可以努力讓自己暫時不去思考、不去回想那些人與事，但我不是機械人，不會有一個『放下』鍵，只要一按鍵就以後都不會為那些過去而牽動。」

「有些人會相信，只要可以放下，一切就會好起來⋯⋯其實，這也是一種期許或是祝福，我們都不知道有哪些確切的方法可以去立即放下或慢慢放下，但我們都會祝願彼此可以做到放下，就像是『祝你生日快樂』，其實內裡的涵義可以

很虛幻，是否真的可以快樂，也只有當事人將來才會知道。」

「我明白的，只是有時候，也會覺得是一種壓力……好像我的『放下』，不是為了那一個我太在乎的誰，而是為了那些會一直關心我的人。」

「或許根本就沒有真正的放下呢……如果可以真的開心，放不放下也不是太重要了。」

「比起放下，開心才是更重要嗎？」

「曾經，我喜歡過一個人。她去了外國進修，在她進修的時候，我們每天都會談兩小時的長途電話，每次談到最後，我們都會不捨得掛線。不捨得，除了因為我當時很喜歡她，也因為她當時心裡還有另一個人。她一直都放不下她的前任，而她的前任也同樣在外國跟她進修著同一個課程……那時候我每天都很擔心害怕，他們會舊情復熾，會不會下次我打電話給她的時候，我就會聽到他們已經重新在一起的消息，又甚至是，她已經不會再接聽我的電話……雖然兩個月進修完後，她就會回來這個城市，可是那時候的感覺，真的度日如年……不安、猜疑、焦慮、壓抑、看開、自欺、麻木、困頓……各種情緒反覆來回，朋友們都說我不應該太執著，應該要放下，但是那時候的我其實完全聽不進腦袋裡，就只知道要繼續堅持下去。」

「我明白你的感受⋯⋯」

「我一直以為，自己不可能放下這一個她，因為當時的我是那麼喜歡她，喜歡到我可以忘記自己的生活、我的所有目標與理想，只要有她在我身邊，我就會心滿意足。於是我一直苦等她的回來，然後也終於讓我等到了。只是想不到，當我特意去機場接機的時候，我看到她跟她的前任手牽著手，從機場的入境大廳裡走出來。後來我聽其他朋友說，他們是在乘上飛機回來時，才決定重新在一起的。但當時我是一點都不知道這些細節。我看見這一幕，我以為自己應該會感到很難受，卻想不到，心裡竟然有一種久違的、坦然的感覺。我離開了機場，回到我家附近，這時手機收到她的來電，但是我沒有接聽。我走到附近的一個球場，天色開始暗下來了，然後這時她又再打電話來，我看著螢幕裡她的名字，一直看著，心裡感到一種從所未有的平靜，忽然覺得，我是時候要放過自己了，是時候要將她變成過去了⋯⋯之後，她沒有再打電話給我，我們以後也沒有再聯繫、再見面。」

「你真的可以放下了嗎？」

「有時我會覺得，自己是真的放下了，但有時又會發現，我只是假裝放下了，然後本來對她的那一份思念與感情，反而變得更加綿密細膩、反而可以變得更加悠長⋯⋯那一點喜歡，那一點回憶，彷彿以後都無法再割捨得了，就算以後我們不會再見，我們以後就只是一個永遠的過客。」

「這樣子不是比放下了⋯⋯會更加難受？」

「只要她不會發現，只要我覺得情願⋯⋯其實這就已經可以了，是嗎？然後，這些年過去了，她依然會在我心裡留下一個位置，我沒有放下她，但是她也會永遠成為我生命裡，其中一格重要的回憶。」 23:22

後來甚麼都沒有忘記，
就只是學會假裝已經放下了誰

後
來
/

「上次你說的那個她⋯⋯後來你們有繼續發展嗎?」

「沒有啊⋯⋯她不會突然想起我,我不會主動再找她,後來我們的關係,就是這樣完結的。」

「關係完了,然後呢?其他事情其實並沒有真正完結吧?你還是會想念她,還是會小心保留著與她的回憶,你的感情還有思念,仍是會在你的世界裡延續下去。」

「但也只能如此。」

「既然如此,那為甚麼你會捨得讓這段關係就此完結呢?你根本就未能真正放下,那如果你不放棄,繼續堅持下去,說不定還可能會出現奇蹟呢?」

「我也相信這個世界會有奇蹟出現的一天。只是現在的我,

需要的並不是奇蹟，而是想要讓自己可以重新開始……我真的不想再一直惶惑地等待另一個人的回覆、奢想自己可不可能得到對方的一個肯定……我可以全心全意地喜歡一個人，但是我已經不想再因為喜歡一個人而變得更加卑微，然後既得不到別人的喜歡，漸漸連自己也不再喜歡這一個自己……喜歡一個人，並不是只有堅持不放棄的這一種方式，並不是只有勉強留在對方身邊的這種方式，是嗎？我希望自己離開之後，有一天可以從遠處重新出發，一步一步，去重新喜歡這一個人，也讓對方可以再重新認識及留意這一個我，即使到最後也未必可以開花結果，但我想，至少會比現在的我更加快樂，至少，不會再讓她變得更加討厭我。」

「……那麼，後來，你有讓她重新喜歡你嗎？」

「後來嗎……後來，她喜歡了另一個人，一個我完全不認識的人。後來，他們結婚了，我沒有出席她的婚禮……」

「這不是跟你剛才所說的重新認識、重新喜歡、甚至開花結果，有很大的差別嗎？」

「或許的確如此，但是也因為我們沒有再主動聯繫對方，我們才找到一個可以讓自己重新開始的空間與力氣。因為再沒有我的出現，她才會遇到後來的另一半，因為沒有她的影子，我才可以重新尋找自己的理想，還有認識其他的人與事……我覺得對過去的我們來說，這也可以是一個圓滿的結

局，即使她不會知道，但至少對如今的我來說，可以跟你這樣笑著分享這一段往事，這樣不是也很不錯嗎？」 00:41

喜歡一個人，並不是只有堅持不放棄，
讓自己變得卑微的這一種方式

主
動
/

「你有試過嗎，明明想見一個人，但是你不會主動找他，寧願獨自思念或煩惱，也不要傳他短訊或給他電話。」

「是因為被對方拒絕過太多次，不想再自討苦吃嗎？」

「嗯，但有時到最後，又會覺得自己好傻，尤其是當你想起，其實再思念或再煩惱，你再強忍著不去找他，他也是不會對你有任何顧念，或有任何在乎……而你卻為這一個人，浪費了多少時間，就算我不會再主動，但還是覺得難為了自己，還是會感覺自己好傻。」

「是的，是有點傻，但至少，你沒有讓自己陷溺得更深、變得更困倦或卑微……你們不會再靠近了，但你至少為自己尋回一點尊嚴與自由了，是嗎？」

「真的，每次找他的時候，都會覺得自己變得更卑微。」

「其實不是你真的變卑微了，而是你的心情始終找不到一個可以抒發的缺口，越是想念，越是無法排遣，而這種情緒會一直累積、一直在你的世界裡將你包圍住⋯⋯到最後，你為這一個人埋藏太多想法與思念，而你的真心與感受，卻相對地變得越來越渺小、彷彿不再需要被正視與擁抱。當一段關係，其中一方長時間都處於這種情況，自信心也會漸漸降低，而且越是強求某一個特定的人關注自己，也會相對地變得忽視其他人的關心，想得到的得不到，就會覺得自己越來越不重要。」

「又或許，有時我是太過執著於，想變成他眼裡最重要的那一個人⋯⋯」

「因為，你曾經成為過他最在意的人，即使那是短暫的，但你還是確實感受過那一種被真正在乎的滋味。」

「而我卻為了想再重溫這一點感覺，而不能自拔地一再追尋、對他作出主動⋯⋯」

「勇敢追求自己想要的人與事，是理所當然的。只是我們有天還是要停下來，讓自己可以休息、復原，有天我們還是要提醒自己，你已經努力過了，是時候要放過自己了。」

「又或許⋯⋯」

「唔？」

「到頭來，並不是我們始終無法捨棄那一個人，而是始終都無法忘記，自己曾經被這一個人狠心捨棄……我們真正無法捨棄的，其實就不過是曾經被捨棄的那一個自己。」 02:59

是經過多少次的失望與困倦，
才會讓你對一個人變得不再主動

不會知道／

Day 100 ／ 2302

「你有試過嗎，對一個人好，但是你不會想讓對方察覺或知道。」

「這種做法，似乎總是會首先折騰自己呢。」

「或許吧，但對一個人好，有時也是要講求資格的，是嗎？」

「唔⋯⋯有時的確是如此，但如果我想待一個人好，但總是要先看資格，或是要太過在乎對方喜歡或不喜歡⋯⋯反省是好事，但反省得太多，那樣會不會太辛苦你自己？」

「嗯，或許吧，所以現在我也沒有再對他去做些甚麼。反正就只是我自己一個人忘不了過去的那些曾經吧，忘不忘得了也好，也沒必要去告訴他知道。」

「為甚麼不告訴他知道呢？」

「告訴他，有意義嗎？」

「至少，他會明白你一直以來的付出，他可能會感動啊。」

「他未必會感動的，我知道。而且，就算他會感動，又能夠如何呢，他都已經有屬於他的人生，有他想要去守護的人、想要追尋的幸福，我再去告訴他甚麼，到最後也只會讓他困擾，也只不過是一種自我滿足吧。這樣對他來說，又有甚麼好處呢？」

「但你繼續藏在心裡，你又真的快樂嗎？」

「我有的是時間，我可以繼續等啊。」

「繼續等？」

「等自己哪天終於能夠心息。」

「我只怕，你不是在等自己心息，而是在等另一次奇蹟，或另一個可能。」

「我已經等了很久很久，我不想再讓自己為了一個看似美好的希望，而讓自己失望更多。」

「那麼，等自己有天可以心息，又何嘗不是給自己一個希望？」

「這不是希望，而是一個目標……我知道自己終有天可以做到的。」

「嗯，或許是的，問題是，在這過程中，你還是會希望去待他好，即使你不打算要讓他知道……你一邊在投入自己的心血的同時，一邊希望自己有天可以學會抽離，這不是一種自相矛盾嗎？這樣下去，就不會變得更加難去乾脆放開嗎？」

「但至少，他不會知道，就算我有多執迷不悟、甚至有多卑微可笑，只要他不會發現，我就可以繼續以自己的節奏，一點一點去放下，去重新開始……是嗎？」 03:39

你不會忘記那一個誰，
只是你也不會再告訴他知道

無二／

Day 102／2304

「從前有一位朋友，她喜歡了另一個人好多好多年。最初她還會希冀，自己將來可以成為對方的另一半，於是努力去親近對方，成為對方最好的朋友。她也努力去進修、去提升及改變自己，盼有天可以成為對方的理想對象。但是她一直都沒有向對方坦白自己的感情，即使後來對方談戀愛了，即使對方後來失戀、回復單身了，她都一直沒有告訴對方知道，就只是繼續默默守在對方的身邊。」

「既然喜歡對方，為甚麼她不告訴對方知道？」

「也許是怕，對方會拒絕自己吧。」

「她不嘗試開口，又怎會知道答案呢？」

「有些界線，一旦越過了，以後就會變得不一樣了。可能他們還會再見，但是會漸漸變得陌生；又可能，對方明天就會

立即不再回應他的短訊，他們連朋友也再做不成⋯⋯若是如此，那倒不如繼續安守在朋友這個位置，去做一個偶爾還可以互相問好的朋友，不是更好嗎？」

「但如果有天，對方喜歡了另一個人，難道她不會心痛嗎？」

「應該會吧。」

「就是了，到時候她不會不忿氣嗎，不會後悔自己沒有去做些甚麼，去留住這個不應該錯過的人嗎？」

「其實，哪有甚麼錯過不錯過呢，有些事情早就已經註定了⋯⋯你看看其他人，有時就算再喜歡再不捨，最後還是不會走在一起、也不能夠一起走到白頭。即使這刻我們相知相交，總有一天還是會朝著各自本來的目標前進，以後可能也不會再相遇。若是如此，那又何必再想著將來會怎麼後悔或遺憾，而讓自己錯過了如今眼前可以有幸相遇的珍貴時光呢。」

「真的是這樣嗎？」

「如果是你呢，你會怎樣辦？」

「我也不知道……只是會忍不住想，一個人在喜歡另一個人的那個過程中，由原本想跟對方在一起，漸漸退而求其次、變成只求可以做到對方的好朋友，到底是因為經歷過多少次的失敗與失望，又有多少次不為人知的自我調整、反省檢討與克制……然後終於，有天會覺得，自己其實沒有可以成為對方另一半的資格，即使我們還會喜歡對方，還會繼續待對方好，但是成為對方另一半的這一段路，自己是不會再有更多可能，也不相信可以出現奇蹟……是在哪一天、哪一些情況、哪一種心情之下，一個人會判自己的戀情死刑，即使有多喜歡也好，以後也只會寧願追求友誼永固？」

「你有聽說過嗎，當一個人由衷愛上了另一個人的最初一分鐘，是他一生中最神采飛揚的重要時刻？」

「嗯。」

「我想，當有天我們發現，自己所愛著的人，心裡已經進駐了另一個最愛的誰……當他看著他所愛的人時，他的臉容、他的笑意、他的目光，是自己不可能會爭取得到的，與作為好朋友的自己相比，那個差距原來是可以有多麼遙遠，是有多麼的不可能……那一刻你就會反問自己，真的還要繼續挑戰下去嗎，真的還有可能得到對方的這一份情感嗎？因為你知道，這一份愛是獨一無二的，就好像你愛著這一個人，你的眼裡就只會有他的存在，你的生命從此都是只會連結於這

一個人……若是如此，你還會相信自己有可能去改變這一個事實嗎，還會容許自己去改變甚至破壞，自己與對方的這一份只能到此為止的情誼，去為對方帶來為難，去為自己留下更多難堪……」

「唉。」 04:26

有一種人，縱然喜歡再深，
但你最後還是寧願與他友誼永固

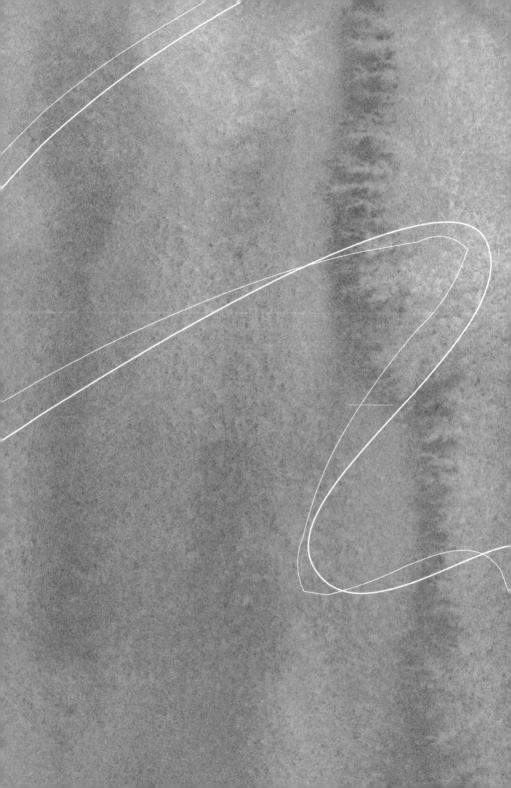

你說不說，
我都會繼續陪你

「如果我甚麼都不說，你還願意繼續陪我嗎？」

有些難過，如果你不對人講出來，
別人就彷彿不知道如何幫你解決，
彷彿也再沒有繼續陪伴你的理由。

於是，你努力嘗試去講出那些，
其實你也未能好好組織的想法與感受，
還有一些始終無法說得清楚的情緒。
只是，當你在嘗試去釐清混亂的同時，
也會引發出另一些疲累與不解，
偶爾會表達錯誤，偶爾會先入為主，
你真心想表達的感受，不一定動聽，
有時別人會以為你言不由衷，
不想對他們坦承你的難過，
不把他們當成可以傾訴分享的好友……
又有時候，別人始終無法理解你的沉重，
你的心事成為了別人眼裡的小事，
都是因為你想得太多，
都是因為你沒有活得更好……
在你想對別人分享你的灰暗的同時，
彼此反而因為理解的落差而蒙上另一些灰暗。

漸漸，別人未必願意再聽你的心裡話，
你也不勉強別人理解，或是陪伴。

即使其實你只不過想有一個人，
可以靜靜地繼續陪伴你，
就算你們甚麼都沒有說，
沒有分享，也沒有安慰，
但依然會一直留在對方身邊，
其實你覺得這樣就已經很足夠了⋯⋯

只是不知道為甚麼，
很多時這是反而最難去做到。
我們都希望透過溝通去化解寂寞與悲傷，
卻忘記溝通有很多種不同的形式，
有時千言萬語不知該從何說起，
彼此都有自己的想法與認知，
若是靜靜的、簡單的陪伴與相處，
其實反而可以建立屬於你們的默契及節奏。
我前來這裡，並不是只為了幫你解決煩惱，
你也不需要為了得到我的陪伴，
而勉強去講出你還未想分享的祕密與灰暗。
你好不好，我都會繼續陪你。
你說不說，我都會繼續等你。
就這樣子，可以嗎？

重
聯
／

「嘿。」

「嘿。」

「在忙嗎？」

「也不是。找我有事嗎？」

「沒有，只是忽然想起，好像很久沒有找你聊天。」

「謝謝你想起我呢。」

「嗯⋯⋯你有試過嗎，有時很久沒有去找一個朋友，漸漸就會變得不知道如何跟對方重新聯繫起來。」

「是因為怕對方已經變得陌生嗎？」

「有時是這樣，有時卻是，你知道對方沒有太多改變，他依然會是你最好的朋友，只是你們真的有一段時間沒有聯繫，總會覺得，如今已經不再像從前般親近、合拍……反正有沒有我的存在，對方一定都會活得好好的，會過著快樂的人生。於是就會想，好像沒有一定要去尋找對方的理由，但越是這樣去想，跟對方之間的距離，就隨著時間而彷彿變得越來越遠。」

「但在你的心底裡，你仍然好想去找回對方，仍然覺得對方無比重要，是嗎？」

「嗯。」

「其實……」

「唔？」

「朋友是要常相見，只是，你沒必要將自己沒有去找朋友這一件事，看成是一個責任，甚至是自己做錯了甚麼啊……當然，如果彼此都有心，如果大家都有時間，可以碰面相聚，是一件值得高興的事情，只是我會想，有時候，我們未必會有想見別人的心情，有些階段我們會想獨自一個人去面對，不是不需要其他人的關心，但就是會覺得，我自己一個人就好。」

「嗯，有時是會有這樣的心情。」

「是吧。」

「但是，還是想跟你說對不起。」

「為甚麼要說對不起？」

「因為我知道，你早前的日子有點難過，但是我還是沒有來找你。」

「但你的日子不是也一樣難過嗎？」

「……」

「其實，你不用在難過的時候勉強裝作堅強或溫柔，也不用勉強自己去見人、去解釋太多，只要在你需要我的時候，讓我可以找到你、陪你一起難過，然後等你復原了，可以再一起分享你的快樂，就已經足夠。」

「……」

「而且，這天你會來找我，是我近來最快樂的一件事，為甚麼還要對我說對不起呢？」

「⋯⋯謝謝你。」

「傻瓜。」00:01

累了，你可以躲起來，
但沒必要再無止境地責備自己。

距
離

／

「是不是每一對曾經在一起過的伴侶，又或是曾經曖昧過的朋友，到最後都很難重新變做一對普通朋友？」

「唔⋯⋯通常是這樣吧，就算名義上仍然是對方的朋友，但大家心裡會知道，並不是真的普通朋友。說友好，也不會是真的友好。」

「有時真的很羨慕，一些人分開後可以繼續做朋友呢。」

「可以做朋友，但如果相隔得很遠很遠，你又願意嗎？」

「有多遠呢？」

「所謂遙遠，不一定是指實際的距離⋯⋯其實以現在的科技，如果有心想去找一個人，通常都會可以很快就找到吧，就只看當時人有沒有心、對方想不想被別人找到。但有些人

會為彼此設下很多很多屏障，有意或無意間拉開彼此之間的距離。」

「我不太明白……例如呢？」

「例如，以前會立即回覆對方的短訊，漸漸，你不會再選擇立即回覆，慢一分鐘，慢半小時，慢半天，慢一天。又例如，從前你們經常都會在朋友聚會裡碰面，但後來，你因為工作忙了，減少出席朋友聚會，你變得很少再跟朋友們分享你的近況，因此對方也會變得更難去知道你的消息。在臉書，你們也會變得越來越少更新，並不是刻意隱藏自己的生活，就只不過是現實生活裡漸漸有更多事情需要你們去兼顧，你們也再沒有更多時間去繼續交換、分享或觀望，已經變得不再一樣的兩個世界……其實如果有心去改變這一種發展，也不是很難去做到；但我們都會寧願，讓這點距離繼續延展下去，不是不再友好，但我們都知道，對方一定會在他的世界裡，繼續快樂地生活，繼續努力勇敢地去追尋自己的理想，若是如此，這一份思念，又何必一定要讓對方知道。」

「如果他始終不會接收得到，那麼這份思念，又有甚麼意義？」

「或許在這刻來說，是沒有意義的，但所謂思念一個人，很多時就是希望可以延續，自己對那一個人的情感。寄望將來哪天終於可以再見時，自己還可以像最初一樣，給予對方一

個熟悉的笑臉，可以溫柔地擁抱彼此，可以衷心地告訴對方，他仍然是你生命裡最在乎的人……即使現在不可以再見，但我們還是會努力記住對方的一切。念念不忘，會繼續思念，其實就是不想忘記的其中一種方式。」

「即使最後我們都不會再見？」

「但你心底還是會希望可以再見，但你在夢裡也已經與他重聚了很多很多次……是嗎？」 00:26

如今相隔很遠，或許只是用來反證，
從前曾經是有多麼靠近彼此

想
哭
／

Day 223 ／ 2425

「在最難過或委屈的時候，人有時偏偏會哭不出來。」

「有些人本身是不容易流淚。」

「以前不是這樣的，以前我是一個容易哭的人，看電影看到
傷心的情節會哭，看書看到令人觸動的情節，也會流淚……
聽歌會哭，失戀會哭，就跟平常人一樣。只是，人大了，漸
漸就變得很難哭出來，不論有多委屈或難受也好，我已經練
成不要隨便去對人流淚。再傷心也好，我都會努力去忍住。」

「如果你真的覺得難受，為甚麼不好好地哭出來？」

「有時我也很想哭，只是在我的四周，根本就不存在可以讓
我哭出來的空間。街上總是有太多人，家裡也總是太擁擠，
如果你在他們的面前哭出來，最後可能就只會換來冷漠的表
情，或是一些不想認真了解的追問……因此每一次，我都只

能躲在浴室裡，在打開花灑洗澡的時候，才可以偷偷地哭。沒有人知道我哭過，我也不想要有人知道。」

「那麼哭出來之後，感覺有好一點嗎？」

「其實……」

「嗯？」

「哭完之後，那種始終沒有人明白的孤單感，有時也是可以很難受。」

「就像是，沒有人可以接收自己這一點情緒，猶如白流到大海？」

「日後盡量別教今天的淚白流……其實可以哭出來，或許是因為已經累積了超出自己所能承受極限的情緒，大家也是經過無數的鬱結與傷害，才會將自己的失望、心痛、後悔與真心，化成淚水表達出來……哭不出來的人，或許只是未累積足夠的傷心，或許只不過是他們的傷心其實很普通平常，或許就只是他們已失去哭的能力、再沒有對人流淚的資格，或許……」

「其實，哭泣是每一個人與生俱來的本能，就跟愛人一樣。有些人說以後都不會再愛人，也許只是未遇到適合的對象。

有些人以後都不會再流淚，或許也是一樣，只是未再遇到一個可以讓你放心盡情地流淚的對象而已。」

「真的會再有這樣的人嗎？」

「有的，或許只是你還沒有想起來，或許⋯⋯當你遇到這一個人的時候，你終於可以哭出來了，以後，你也不會為其他人再流半點眼淚。」 00:32

總有一個人，可以讓你哭，
以後你再無法對他假裝堅強

原
諒

/

「記得有一次，我們原本約了見面，但是快要到見面的時間
前，他忽然傳來短訊，說他生病了要失約。雖然當時我已經
出門了，但是我回覆他不緊要，打算去附近的商場逛一下之
後再回家。怎料去到商場時，我看到他與另一個異性在逛
街。」

「他有看到你嗎？」

「沒有，我立即轉身離開了商場。」

「嗯。」

「走出商場後，我拿出手機，想要打電話給他，問個究竟，
但是我看著手機螢幕，看了很久很久，我問自己，就算打電
話給他去探問，又有甚麼用呢？如今他與別人在逛商場，我
是想要聽到他怎樣的解釋、甚至掩飾嗎？又可能，他根本不

會接聽我的來電，我這樣做就只不過是自取其辱？說到底，如今的我又有甚麼資格，去要求他對我坦白，甚至去探問他與哪些人正在交好……」

「但後來呢，後來你還是有打電話給他，提起他失約的這件事嗎？」

「後來我沒有打電話給他，反而是他第二天自己主動提起，說他整天都留在家裡，他的病還沒有好……我叮嚀他要多點休息，我們可以等到下次有空再約。」

「那後來呢，後來你們真的有再約嗎？」

「之後有一次，我們約了去看電影，並打算看完電影後一起吃晚飯。只是在電影看到一半時，他的手機忽然收到來電，他看著螢幕猶豫了一會，最後還是拿著手機走出戲院外接聽，過了差不多十五分鐘後才回來。只是他回來後，就跟我說家裡有要事，要先離開回家……最後就只剩下我一個人，在戲院內看完那齣電影。完場後我走到街上，拿出手機想打電話給他，但轉念一想還是覺得不如算了。那段日子他跟另一個女生走得很近，第二天我在那個女生的 IG 裡看到他們的合照，照片裡他所穿的衣服、跟他昨天和我看電影時所穿的，是一模一樣。其實在一開始我就已經知道他家裡並不是真的有要事，他只不過想要找一個藉口去離開而已。」

「為甚麼他一再欺騙你，但是你還是不會揭穿他、甚至可以選擇原諒他？」

「原諒一個人，其實並不是很困難……只要你仍然會在乎對方，就自然會忍不住心軟，即使他再犯錯都好，只要你相信你們之間還有可能，那最後你還是會選擇原諒對方。」

「你不覺得這樣的你很沒有尊嚴嗎？他一再欺騙你，難道你不會覺得難受嗎？」

「難受啊。你知道嗎，原諒一個人並不是最難的事情，最難的是，在你選擇原諒之後，你要學習再去重新相信這一個人……然後，他又再一次把你欺騙，你心傷，他求你原諒，一切又再推倒重來，你又再努力地默默地堅持去相信這個人真的會為你改變……然後某一天你會發現，首先改變的人原來是你自己，你原諒他的過錯，但其實你最不想原諒的人，就是那個仍然堅持下去的自己。」

「但是只要你不要再接受、默許他的欺騙，只要你嘗試拒絕相信他的謊話，你就不會再受到更大的傷害。」

「這就像是對一個人說，只要你不再喜歡他，你就可以重獲自由了一樣……道理是明白，但當事情發生時，人很難真的變得抽離。我可以提醒自己要清醒一點、不要盲目相信對方的說話，但是要我決絕地不要再聽他的說話、不要再跟他去

來往⋯⋯我想目前的我，還是未能夠做到。」

「有時我會想⋯⋯像你這一種不斷陷在清醒與自欺之間的人，其實是有多麼困倦，又有多無奈。」

「可憐的人也有其可恨之處⋯⋯我知道的，其實我真的知道。」 01:20

原諒一個人很難，
原諒這一個被反覆傷害的自己，有時更難

投
入
／

「我想，我以後不會再讓自己去愛上另一個人。」

「是因為不想再受傷嗎？」

「我只是不想又再經歷多一遍，由熟悉變陌生，由快樂變心碎的過程。這樣子真的讓我覺得好累好累⋯⋯我自己一個人，其實本來也是可以過得好好的，對嗎？」

「嗯。」

「怎麼了？」

「我只是想起，以前曾經有一個受過傷的人，他跟我說過，以後都無法再去愛另一個人。」

「後來呢？」

「幾年之後，他跟另一個人在一起，成家立室，生兒育女，總是要忙著照顧孩子……我也有一段時間沒見到他了。」

「嘿，原來他只是說說而已。」

「有時我會想，那時候他是真的以為，自己是無法再去愛上別人。但其實愛或不愛一個人，是勉強不來的，當後來遇到另一個想去愛的人時，也是無法去抗拒。很多時我們不是無法去愛，只是我們無法再認真投入一段感情關係。總是會卻步不前，總是怕受到傷害、或不小心傷害了別人。因為未可認真投入，所以有時就算再喜歡一個人，關係也是無法開花結果，那一份喜歡無法昇華成一份愛。於是我們會以為，自己無法再去愛人，甚至不再相信愛情。」

「即是說，他後來復原過來，變得可以再去投入了嗎？」

「或許吧，但也有另一種可能。」

「另一種可能？」

「他後來還是無法再去愛另一個人，但他選擇跟一個合適的人一起成家立室、生兒育女，就算對方並不是自己的最愛，但還是相信可以跟這一個人去創造彼此的幸福。」

「……但是跟一個不愛的人在一起……這樣真的好嗎？」

「好或不好，外人也是不會知道究竟的，就如你決定不會再愛上別人一樣，只要你自己真的覺得開心，就已經足夠，是嗎？」

「但……我以後不會再讓自己對另一個人太過認真了。」

「如果遇到一個合適的、善良的人，可以與對方重新開始呢？」

「可以重新開始，跟可以重新對一個人太過認真，是不同的。」

「嗯。」

「有些人，以後都會讓你念念不忘，後來每次你想起他，你始終都會記得，自己曾經有多奮不顧身，自己有多全心全意地投入付出，但是最後始終都無法留住那一個人……然後，你彷彿無法再對另一個人太過認真，就算有多喜歡也好，但你再也無法變回當天那一個傻瓜，可以不求回報，就只望對方可以快樂幸福，可以自由地飛去做回他自己。」 00:59

後來你終於復原過來，
只是無法像從前那樣投入去愛

在乎 /

「記得我們最後一次見面，那天的最後，我們兩個人，一直在街上默默前行，走過了一個又一個紅綠燈，他始終沒有回頭看我，我一直跟在他的身後……那天我覺得，真的好累了。我真的不想再繼續如此下去，為了一些無法掌握的事情而不安煩惱，為了他有心或無意的傷害而失望生氣，為了留守在他的身旁而變得沒有了自己……

「終於又走到一個紅綠燈前，我看著紅色的指示燈，我在他的身後，對他說，我累了，我不想再走下去了……然後他依然沒有回頭，交通燈還沒有轉為綠色，他就提起腳步繼續往前走，剩下我一個人留在原地……後來我一直站在馬路前，綠燈，紅燈，綠燈，紅燈……這樣子轉換了四十二次，我還是沒有盼到他的回頭。他不會再回來了，我終於知道，又或者該說，我們的關係不會再跟以前一樣了，即使他後來還是會來找我、傳我短訊，但……真的，已經不會再一樣，以後的我們，也只會變得越來越遠。」

「但你還是會喜歡他，還是無法放下這一個人，對嗎？在你的心坎裡，他依然會是最了解你的人，你還是希望，可以跟這一個人在一起，是嗎？」

「但如果他真的也有在乎我，如果他其實也明白我對他有多在乎⋯⋯那為甚麼後來我們還是會變得陌生，儘管我如此在意他，但最後仍是只能夠看著他漸漸走遠，卻又無能為力？」

「就算你們真的互相在乎，但有時候⋯⋯並不代表這份在乎，可以化解兩個人之間本身已經存在的差距、誤會、傷口、缺點，以及你們為彼此所累積的不快樂回憶⋯⋯有些人可以幸運地克服這些裂縫，並引以為戒，以後繼續堅定地一起走下去。但有更多的人，在克服到這些困難之前，就已經首先因為一而再的失望難受，而變得力竭筋疲了⋯⋯或許將來你們還是會有成長、會有變好的空間與可能，只是來到這天，你們都真的累了，即使你們有多不捨得、仍然有多在乎，可是彼此都沒有決心與力氣去重新開始。」

「若是可以重新開始，但最後也會失敗，那不如不要再繼續下去⋯⋯這樣不是會比較好嗎？」

「沒有一定會好或不好，總是要發展下去，我們才會知道答案。但我想說的是，有時候明知道再重新開始，將來很可能也會再次迎來失敗，可有些人還是會毫不計較，還是會義無

反顧地與對方再試一次⋯⋯就只看你們還有沒有決心與力氣去再賭一次而已。」

「我想⋯⋯就算我願意，以後也已經不可能會再有，這樣的運氣。」 01:31

有時最難受的，不是他不在乎你，
而是你依然相信，他應該明白你的在乎

最

傻

／

「有時候，還是會感到一種很深很深的無能為力⋯⋯他離開了，他有新的生活了，一切都與我無關了⋯⋯這些說話，每天都會在我的腦海裡重新響起，明明沒有關係，但是你還是會無比在意，明明他有新的生活，你卻一直沉浸在過去之中，明明他離開了，你依然留在原地一直徘徊，走不出來⋯⋯然後又會回想，為甚麼他會走，他可以這樣冷漠絕情自私，為甚麼我依然好不起來，在生氣的同時，也忍不住自責，即使昨天的你可能還相信自己一切會好過來的，你告訴自己最好的尚未來臨⋯⋯但是這天醒來，已經歷了無數個明天，這一切卻似是沒有盡頭，我就只不過是用一點渺小的希望來欺騙自己繼續麻木下去而已⋯⋯」

「你知道兩個人分開後，最傻的事情是甚麼嗎？」

「仍然會記著關於他的一切事情？」

「不是。」

「是仍然會對他有太多思念與不捨嗎？」

「也不是。」

「那……是還想著要跟他和好如初，再次在一起嗎？」

「都不是。如果你還喜歡他，想要和他再次在一起，這其實
很正常，也不算是最傻的事情呀。」

「那麼，到底甚麼事情才是最傻的？」

「就是，明明兩個人已經分開了，可以還自己一個自由了，
但是自己仍是會對這一個人有太多記恨，仍是會記著他那時
候的自私與冷漠，仍然會覺得是因為他的離開，才讓如今的
自己變得那麼不堪……但其實他是早已經離得很遠了，根本
不會知道你依然會有著這些苦惱，而你其實也可以繼續去展
開新的一頁，是平淡或是熱鬧也好，你都可以去為自己創造
新的快樂與回憶，而無需要為著這一個不會再見的人，苦惱
生氣不忿太多，到最後反而讓自己一直無法釋懷，甚至始終
不能夠好好地重新開始。他已經走了，而你卻仍然留在原
地，用不快樂的回憶來囚禁你自己。」 02:13

他早已放開了，你又何必為了他的絕情，
而讓自己一直留在原地，耿耿於懷

無
力
／

Day 228 ／ 2430

「當你感到疲累的時候，你會想起誰？」

「我不會再想了，因為我知道，她已經不會在乎，她現在一定在安然入睡，我就算再想她，之後的時間也是不會變得更輕鬆。」

「如果從一開始就不打算去尋找他，你就只會純粹地靜靜思念這一個人，你會比較好過一點嗎？」

「其實，思念一個人，但你始終都不可以讓她知道，偶爾或許會很浪漫，但是當你生日時，你不能找她，她生日了，你也不可以送她祝福……每一年有無數值得紀念的日子，或是重要難忘的時刻，你其實好想跟她分享你的心情與感受，你會想去知道她的想法、她的近況，但是如今你就只能將這些希冀轉化成一種淡然的思念……這其實並不是一時三刻就可以做到的，也不是每一次心血來潮時，自己都可以如此淡然

地面對。所以……我會想她，但不會讓自己刻意去想，累了，我會去做一些事情讓自己開心一些，就算睡不著，我也不會讓自己再陷在與她的回憶裡，最後也只會苦了自己。」

「我一直都以為，只要有天我覺得累了，真的已經心灰意冷，我就會願意離開。」

「但原來，你會疲累，也會心灰意冷，但不等於可以用來抵銷，你對他的喜歡與認真，還有你們一直以來所累積的回憶與感情。」

「如果我被傷得透了，我就可以下定決心放棄吧？」

「或許你會因此而頓悟放手，但是你不要忘記，有些傷口可以很難才復原，你終於離開了，那些刺痛還是會伴你很長很長時間。」

「嗯……然後當你以為已經復原了，但原來自己依然在原地踏步……有時你以為終於漸入佳境，但外面的世界永遠都會有很多意外，有時就只不過是因為那誰的一個短訊、一個來電，又或者是因為知道他的近況、因為聽到一些無法再求證的說話、因為接收到別人有心或無意的惡意……或許昨天醒來，你還會跟自己努力打氣，還會相信自己一定會好起來的，只是這天又會被更多的失望擊沉……」

「在希望與失望之間一直徘徊浮沉，有時比起完全的絕望，
會讓人感到更無力呢……」

「當你感到無力感好重時，你會怎麼辦？」

「我想，不是做了哪些事情，就會真的可以立即好起來
的……因為那是你真正在乎的人與事一而再地、讓你感到嚴
重的失望，你才會累積這麼多也沉重的無力感。如果可以輕
易地化解，那可能代表你所煩惱的事情並不是真的那麼嚴重
吧？但現在你就是無法輕輕將它放下來……偶爾你可以做一
些事情讓自己放鬆或發笑，但這刻的開心歡愉，卻無助化解
那點始終很難解開的矛盾鬱結。然後你又會忍不住去思考為
甚麼會變成這樣，然後在你想了很多很多、自我批判、質疑、
改變、將就了無數遍，你還是會清楚感到那種找不到出路的
困倦感……但是你還是無法放棄繼續思考吧，你還是會繼續
嘗試往前走，即使可能最後我們還是會繼續在附近徘徊，你
還是無法選擇輕鬆一點讓自己就此放棄……」

「有些人可以很容易放棄，有些人在放棄之後，反而會很難
去放過自己……」

「所以有時候，如果真的太累，如果可以的話，就讓自己暫
時休息一下吧，偶爾可能會麻木或軟弱，但不要變成習慣，
不要忘記思考，還有初衷……記得要好好呼吸，多喝水，擁
抱自己珍惜心愛的人，然後你或許會發現，在最無力的時

候，原來透過擁抱，兩顆早已灰冷的心是可以靠得有多近，原來可以繼續呼吸自由的空氣，並不是理所當然的事情，應該好好慶幸，也應該好好守護及珍惜。」 02:58

有些傷口很難復原，即使你放手了，
那些刺痛還是會伴你很長很長時間

後
悔
/

「偶爾你會對自己的某一個決定，感到無比的後悔或失望
嗎？」

「這是經常的事。」

「例如呢？」

「如果自己可以留住某些人，如果自己在那個時候，有好好
跟對方說那一句話，有好好作出一個明確的反應，如果當時
的自己有足夠的勇氣與準備，自己就不會錯過一些人與事
吧，之後的發展，也不會朝著一個無可挽回的狀況發展。」

「會時常都為這件事而感到後悔嗎？」

「最初我以為，這份後悔會很快變成過去。只是之後，每天
醒來，那一份失落與錯過了的情緒，都會嚴重影響及支配了

之後一整天的生活⋯⋯我才明白，有些人與事是真的重要，重要到你會因為失去他而感到後悔，即使那點後悔會嚴重影響你日常的生活，但你還是不願意讓自己輕易地忘記。」

「這樣惦記著，不會很辛苦嗎？」

「有時。但如果我讓自己乾脆忘記了，我想我就無法再重新去追求那一個理想，可能我會將以前犯過的錯誤，再重新做錯多一遍⋯⋯」

「你還打算再追一次嗎？那一個理想。」

「現在可能還不是時候，但每件事都會有屬於它的時間，當那個時間來臨時，我會再努力去追多一次。」

「那⋯⋯你相信之後一切都會漸漸變好嗎？」

「其實我不相信。尤其是，有時各種現實的催逼與圍困，實在很難讓人有信心，之後一切會真的變好。」

「那為甚麼⋯⋯你仍然會堅持下去？」

「我只是不想，將來會讓自己後悔而已。」

「即使最後⋯⋯還是會得不到好結果？」

「有時我會想，其實根本就沒有好結果這一個分支，如果此刻我換了另一個選擇，可能也會發展成另一個不是我期望的結局，可能也會有另一些痛苦與難過……若是這樣想的話，現在的我們好像也沒有那麼難過？但無論如何，我都會繼續堅持下去，就算明天醒來，天空還是一樣灰暗，但因為我是心甘情願地作出了這個選擇，縱然最後我不能改變一些人與事，我也不要讓這個世界將我改變。」 02:06

或許並沒有最好的選擇，
就只有如何在這一個選擇裡，不留遺憾

轉
變

/

「有時最難受的，並不是曾經親近的人，有天變得不再喜歡你，而是我們不再交往之後，他的態度有一百八十度的轉變，我再做甚麼也好，他都會批評，我說錯了一句話，他可以立即推翻或無視我有過的好。」

「對你來說，你已經將最好的一切，全部都送了給他⋯⋯但對他來說，他如今只會看到有哪些事物自己仍然想要，有哪些不應該出現、發生過的錯誤，他希望全部都否認、拒絕、從此抹走。」

「喜歡你的時候，你做甚麼都是最好的，不喜歡你的時候，你甚麼都不要再做才是對他最好⋯⋯是這樣嗎？」

「是很現實，但很多時候也的確如此。」

「哈哈⋯⋯但偏偏這一個人，曾經讓我相信，他是最了解我

的一切，他應該是最懂得我感受的人。」

「我想，他未必已經忘記那些關於你的事情，就只是，如今他會用一個冷靜理性的角度，將自己的感受與利益放在更高的位置。他不是不會待你溫柔，但他不會再首先用最溫柔的態度，來處理對待與你有關的事情。」

「有時我會覺得，自己的努力像是完全沒有意義。他的一句說話、一個想法，就可以推翻我一直付出的心血與堅持，而他根本不會知道或體恤我其實是有多疲累……他可以說走就走、說變就變，我卻無法再輕易放過自己，一直反覆自我折騰，到底又是為了甚麼？」

「也許，有些人是註定只能一起走一段路，以後不會再交集，又也許，有些人甚至還不清楚自己想走一段怎樣的路……你可以為了一個人付出全力，但真的沒有必要為了一個活在不同世界的誰，而一再懲罰自己。」

「對我來說，比起付出了所有、讓自己變得力竭筋疲，讓我更心灰意冷的是，曾經可以如此相知相親的兩個人，到頭來不只變成了一對陌生人，而是變成了一對恍如敵人的關係。」

「嗯。」

「是最了解我的敵人，也是與我最疏離的一位陌生人……」

「但是也會令你從此偶爾記恨，偶爾為他念念不忘。」 01:58

你可以為一個人付出全力，
但沒必要為一個陌生人而一再懲罰自己

陪
你
／

「最近感受到一種很深的疲累。」

「其實也不是最近的事。」

「嗯。」

「最累人的是，其實這一切都很不正常，但你還是要繼續努力裝作平常。」

「我已經不期望可以好起來了，也不會追求一些實質的回報，只要自己心理上覺得愉快，就不會再多想。」

「是的，但還是會覺得很累。」

「嗯。」

「嗯……」

「可以幫我說聲加油嗎?」

「我可以不跟你說加油嗎?」

「嗯。」

「但我會繼續陪你,直到你好起來。」

「謝謝你。」 04:55

請為軟弱的自己,說聲加油,
　請為心累的朋友,相伴相守

再
認
識
／

Day 232 ／ 2434

「是不是只要認識新的對象，就可以忘記那些，不會再見的
人？」

「為何你會這麼想？」

「我看到有些人是這樣。」

「嗯，但我覺得……並不一定吧。有時候，認識更多的人，
可以幫你忘記那些已經不會見面的誰。但有些時候，越是刻
意去認識新的對象，反而更會在不自覺間去比較，眼前的人
和過去的人，有甚麼不同，有哪些相似。」

「可能也會因此遇到一個比較好的人呢？」

「可能吧。但有些人卻會遇到一些，與之前的人有點相似的人。」

「是外表、樣貌相似嗎？」

「也不一定，可以是某一種個性相似，可以是某些過去相似，可以是剛好你們也在同一種情況下相遇，也可以是，有時連當事人也不會自覺到吧。但每一次遇到的人，都是與自己心裡一直忘不了的誰，有著一些共通點。有些比較極端的情況是，明明那一個人有著一些自己不喜歡的缺點，但因為那個人也同時擁有著自己在意的特質，於是就選擇跟那一個人在一起。」

「是因為，自己依然太想念那一個過去了的人，於是希望可以在新認識的人身上，找回那些感覺嗎？」

「也許，又或者是，他們本身也真的需要、喜歡那些特質……每一個人的情況都不一樣。但如果只是想延續之前的感覺，於是選擇了看似相像、但其實根本不可能完全一樣的人……然後，過了一會，或過了很久，才會發現自己並不是真的喜歡這一個人，才會發現自己再不能回到認識這個人之前，才會發現自己依然很想念那個已經不會再見的誰……然

後才發現，他早已經走得很遠很遠，而你有過的那些故事與心情，也是不可能再告訴對方知道。」

「你會遇到很多人，然後輕輕忘記我，我會遇到很多人，然後默默記念你⋯⋯是這樣嗎？」

「嗯，總是如此。」 00:33

來來回回，也許我們只是在不同的人身上，
尋找一個失落的身影

不加油／

Day 234 ／ 2436

「有沒有覺得，一直以來，就只有你自己一個人在努力……無論身邊圍著了多少人，無論自己正在面對怎樣的困難，別人都總會認為，你是一定可以撐過去的，你最後一定會努力解決那些困難，不需要對你有太多關心，就只會跟你說一聲『加油』……彷彿只要加油，再辛苦，你也一定會好起來的，彷彿只能夠加油，我們才值得被其他人的認可與微笑對待。」

「但是若然不加油，其他人或會覺得，你不再努力了，你也不需要得到他們的聲援……」

「嗯。」

「而你其實真正需要的，除了一聲加油，也需要他們的陪伴還有支持。」

「或者偶爾我也會想聽到，就好好休息一下吧，就暫時放過這一個已經太困累的自己。」

「但是真的，不加油也可以的啊，是嗎？」

「真的可以不加油嗎？」

「如果可以勇往直前，是好的，但是不要忘記，其實你也值得別人的支持與幫助，如果你不想加油，其實你可以提出來，其實你可以讓自己盡情地休息一下。」

「……但是我真的累了。我好怕，如果就這樣停下來，之後就會被大家遺棄，這樣只會讓我變得更累。」

「不要怕，無論如何，我都會捉緊你的……關心你的朋友，也都一定會願意支持你的……所以，就不要勉強自己再無止境地繼續加油了，好嗎？」 23:50

其實，真的，不加油也可以啊……
讓別人來代替你加油，也可以啊

另一個人／

Day 235 ／ 2437

「告訴你一件事。」

「甚麼事呢？」

「昨天，我答應了一個人的表白⋯⋯」

「那個人是誰呢？」

「是最近認識的朋友。」

「然後，你們在一起了？」

「嗯。」

「你⋯⋯已經放下以前的那個他了嗎？」

「我想⋯⋯還不可以吧。」

「那為甚麼⋯⋯你會跟另一個人在一起？」

「因為⋯⋯那個人真的對我很好。」

「真的是這樣嗎？」

「嗯。」

「待你好的人也有很多，但是你不會因此跟他們在一起吧？」

「那是因為那個人也喜歡我，所以我才會跟他在一起。」

「他喜歡你，你也喜歡他嗎？」

「嗯⋯⋯」

「還是其實，你此刻仍然放不下的、那個已經將你放下了的他，你知道他已經跟其他人開展新的關係了，所以你才會也嘗試跟別人在一起？」

「不是的⋯⋯我也真的喜歡那個人,才會跟他在一起。而且我們總不可能等到自己將前任完全忘記了,才可以跟新的人發展愛情吧?」

「但是你喜歡現在的另一半多一點,還是喜歡那個放不下的他多一點?」

「⋯⋯我覺得這不能比較吧,而且對誰也不公平啊。」

「我就只怕你,不是不能比較,而是不敢面對。想想,你自己本來是希望追求一段怎樣的愛情,你是希望跟最愛的人在一起,還是認為只要對方不會捨棄自己就已經足夠?當你談過幾次戀愛,你應該更加明白自己真正追求怎樣的愛情才對。你可以繼續追求最理想的愛情,也可以嘗試去接受被愛的滋味,這本來並不一定有分錯或對,但是你要誠實面對自己,你真正想要的是甚麼⋯⋯否則到了某天,你終於無法再逃避,你並不是真的很喜歡對方這個事實,而你才想起自己原來一直都希望追求一位真正一百分喜歡的靈魂伴侶⋯⋯那樣除了會傷害到對方之外,也會讓你自己變得難堪而已。」

「但是⋯⋯人總是要往前走,不是嗎?若是不嘗試與對方一起走下去,又怎麼會知道對方適不適合自己、有沒有可能成為真正一百分的靈魂伴侶?」

「人是要往前走,問題是,往前走,也不等於就要跟另一個

人發展一段愛情關係，我們的人生，本來並不是只有愛情這一個範疇，是嗎？如果你是希望尋找一個真正適合的人，在找到之前，其實你也可以在其他方面去提升自己，讓自己為將來的幸福做更好的準備。」

「嗯……」

「至於你說，走下去才會知道，對方有沒有可能成為一百分的靈魂伴侶……唉，如果這一位真的有潛質成為你的靈魂伴侶，我想你早應該可以更輕鬆地忘掉，那一位你依然放不下的他……是嗎？」

「其實……如今我已經都分不清楚。」 22:28

有時候，我們放不下一個人，
然後希望在另一個人身邊，放過自己

去
愛
／

Day 258 ／ 2460

「睡了嗎？」

「還沒。」

「可以找你談一談嗎？」

「可以啊。」

「嗯……謝謝你。」

「不用謝我啊……最近怎樣了？」

「最近……其實都差不多，對了，上星期的假日，我終於和
朋友們去了離島爬山，拍了很多照片。」

「我有看到啊，我記得有一幅照片，是一個很壯觀的日落。」

「嗯，那一個日落，真的令人很難忘，單靠相片，根本無法傳達當時的氣氛與感受……你知道嗎，有一刻我在想，如果我所重視的親友，都可以在我身邊，一起感受這個夕陽的感動，那有多好。」

「所以，你才會將夕陽拍下來，放在臉書裡分享給大家知道？」

「嗯。」

「那你覺得快樂嗎？」

「我是應該快樂的，是嗎？後來，我們下山了，我打開手機瀏覽臉書，看到他讚好了我剛剛上傳的夕陽相片，那一刻我感到有點不能置信，於是再點進讚好列裡，想再確認是不是他有讚好……只是之後無論我如何再三檢查，都找不到他的名字。但我明明確定，自己是有在臉書的通知欄裡，看到他的名字出現，看到他讚好我的相片……然後有一刻，我突然清醒了一下，為甚麼我還要太在意有沒有得到他的讚好？可能他只是不小心按錯，又可能真的是我看錯？但是這些事情還重要嗎？為甚麼我還會這樣在意……」

「我可以問你一件事嗎？」

「嗯？」

「其實，當你在山上看到那一個夕陽時，你好想跟一個人分享那份感動，當下你心裡最想去找的那一個人……其實就是他，是嗎？」

「……你怎猜到的？」

「嗯……那讓我再猜一猜吧，他也是一個喜歡看夕陽的人吧，你們可能曾經約定過，將來有機會的話，要到那一座山上，一起去欣賞那一個夕陽……是嗎？」

「我們沒有約定過……就只不過是，曾經我很希望，有天他會帶我去那裡，一起欣賞他最喜歡的那片景致……」

「結果，這個願望無法實現，而你還是與其他朋友去看那一個夕陽。」

「其實……大家都只是順著我的意思，陪我去離島、去爬山。我知道，平時他們根本不會去爬山的，可是當看到那個夕陽時，他們都笑著跟我說謝謝，因為我讓他們可以欣賞到那片美景，可是他們越溫柔，我的內心就越是有一種內疚的感覺……」

「嗯。」

「近來，偶爾我都會在夜裡驚醒過來，沒來由地感到嚴重的抑鬱，不想說話，就只會默默地流淚，覺得所有事情都沒有意義，有一種沉重的厭倦與無力感……但其實我現在的生活也是很不錯，我的身邊也有一些會疼我會關心我的人……但是我不想讓他們知道我有哭過，我不想讓他們擔心、想得太多……只是我也不知道如何解釋，為甚麼還會這樣痛苦，其實我就只不過希望可以回復平靜，情緒不會再有太多波動，我以為自己應該可以了，只是當那些情緒襲來時，我才知道自己原來還未可以。」

「或許是因為，你曾經傾盡所有，很認真很努力地去愛一個人，你渴望得到被愛，但你同時也渴望，自己的這份愛能夠得到對方的欣賞與接納，比起被愛，你其實更想去愛人……只是那一個人，始終沒有真正明白你對他的認真與用心，也不理解你對他所做的一切，就是你愛他的方式，並一再用他的偏見與自私來糟蹋你的感情，但明明那一個你，就已經是你所能做到的最好的你……最後你們不再往還，你以為，自己的愛不值得被欣賞、被珍惜，你再沒有資格去愛另一個人，即使你如今也遇到另一些願意陪伴與關心你的人，只是那些曾經的委屈與卑微，仍然一直被你埋在心底深處。偶爾會在夜裡發作，偶爾會讓你以為自己無法向前走……但其實你只是好想再一次去重新對一個人去付出愛，就只是如此而已。」

「我也不知道是不是這樣……只是有時候，大家對我越好，

我就越會覺得，自己並不值得這樣的溫柔，因為我始終沒有好起來，我的腦海裡，還是會有那一個人的存在，還是會被他嚴重地支配了我的一切。」

「唉，其實……」

「嗯？」

「你不需要是一個好起來的人，才值得去擁有別人的溫柔啊。如果這個世界的標準，是只有好起來的人、只有完美的人，才值得別人的喜歡與愛，那麼這個世界，應該就會是一個寂寞的世界了，是嗎？因為我們都會變得只會去追求更好更完美，因為我們都會變得再不懂得去愛護這一個，滿身缺憾與傷痕，但是也最真實最重要的自己……你說是嗎？」

01:23

比起被愛，你其實更想去愛人，
只是也不是每個人都會接受這一份愛

準備

／

「我一直都以為，自己早已做好離開的準備⋯⋯卻想不到，到了最後的那一刻，當我看見他與另一個人在一起，心裡原來是有多麼的不捨得⋯⋯」

「這種事情，其實不可能做到真正的準備。如果可以準備放手，也只代表那些人與事並不是真正重要。」

「那為甚麼有些人可以灑脫地說再見？」

「可能是因為，他們的演技較好，他們的個性比較堅強，而更真正的原因，可能是他們背後獨自承受過多少時間的傷心與困倦，如今才可以顯得比較淡然地面對而已。」

「那他呢⋯⋯他可以這麼快放下，這麼快跟另一個人在一起，是因為他早已經喜歡那一個人嗎？還是，他其實也經過

一段時間的煎熬，所以現在才看起來可以說散就散、說忘就忘？」

「這一個答案，就只有他自己才會真正知道……」

「又還是……真正的原因是，他對我的喜歡，並不是我和他自己所預期的那樣深、那樣認真，因此他才可以這麼快就找到另一個人把我代替？」

「唉，你又何必這樣想，讓你自己變得更卑微……他可能是現在不再那麼喜歡你，但不等於他從來沒有喜歡過你，是嗎？」

「但他對我到底有多認真，我曾經在他身旁的時候，他到底是怎麼看待我、還是一切就只不過是剛好而已……」

「其實你再執著想要拆解這些謎題，不會有人可以給你真正的解答，但你只會變得越來越不開心……你知道嗎？」

「是的，我很清楚知道……或許就只不過是我始終沒有真正的準備好而已。他可以說散就散，我卻無法說忘就忘，而他已經走得很遠很遠，也因此讓我對於這些執迷，變得更加不捨得放開……」

「但是他真的已經離開了，從此以後，你只會發現和他的距

離會變得越來越遠，這一個道別的過程，也會變得越來越漫長……或者到最後，你始終都無法做到輕輕放開，但我只希望，你不會太不快樂……就算找不到想要的快樂也好，至少不要讓自己為了那些執迷，而無法釋懷……好嗎？」05:00

與其説你準備離開一個人，
不如説你其實還在等心死

輯四

沒有關係的終結

總有些人，

在你快要忘記時，

若無其事地來向你問好……

明明已經有很多天沒有聯繫。

明明彼此已經都變成陌生人。

你都快要忘記，他對你微笑的模樣，

那些他突如其來的已讀不回；

他也不會知道，在這些沒有再見的年月裡，

你是如何一個人走過，他讓你失望了多少遍……

最後你告訴自己，

有些人永遠不會屬於自己，

只要不去期望更多，就不會有太多失望，

沒有他，你的世界依然會運轉，

你依然可以過得比以前更好，

你值得擁有更好的未來……

只是他的一個短訊，
一個其實沒有太多內容的問候，
將這一直努力維持的平衡，都通通打亂……

你最近好嗎？

你好想告訴他，
本來，一切還好。
直到他再重新來找你之前，
直到，他最後還是會像上一次般，
若無其事地又再突然走遠、已讀不回……
其實他根本並不在乎你好不好，
其實……

我好不好，也已經與你沒關係了。

好
好
記
／

「你有試過無法忘記一個人嗎？」

「嗯。」

「難受嗎？」

「你知道嗎，無法忘記某個人，本身並不一定最難受。如果你想忘記的人，已經變得不再重要了，那麼忘了或忘不了，都沒有關係了。」

「如果已經不會在乎，又何需刻意去忘記呢⋯⋯」

「我想，在忘記的漫長過程裡，其中一種最難受的感覺是，這刻你始終無法忘記的那個人，已經無比乾脆地把你完全遺忘⋯⋯而你之後的日子都會繼續想起這個事實，無法去改變，也無法再像從前那樣可以輕輕放過自己。」

「反過來，變成懲罰自己⋯⋯」

「嗯。」

「但為甚麼⋯⋯我其實已經很努力嘗試去淡忘，可是一不小心，還是會自然地想起那些不應想起的事情。」

「我已經放棄了。」

「放棄⋯⋯放棄忘記？」

「嗯。越是想去忘記，到頭來，還是只會記得更清楚吧。不論你假裝有多漫不經心，不論你用多少新的回憶來沖淡過去⋯⋯若是如此，那我寧願每天找一個時間，去盡情想念那些始終未能忘記的，盡量想得更深更痛，讓自己習慣了那種感覺。到哪天，我想自己不會再因為自己未能忘記甚麼，而受其影響吧。」

「但是這樣⋯⋯不是會讓自己更疲累嗎？」

「對我來說，會不會更疲累，其實也已經沒有分別了。」

「嗯。」

「既然忘不了，就讓我們好好記著吧，那些已經失去了的過

去，那些不會再見的誰⋯⋯就算只有我們自己會在乎，就算
對方以後也不可能會知道。」

「嗯。」23:23

有些忘記，
其實是讓自己學會與回憶相對的一個過程

忘不了／

Day 308 ／ 2510

「你有聽說過嗎，無法忘記一個已經不在的人，有時可以是一種浪漫，但無法忘記那個人對你所做過的一切，不論是甜蜜的還是痛苦的，到頭來也只會是一種自討苦吃⋯⋯」

「記憶力太好的人，總是會苦了自己。」

「那你試過花了多少時間，才可以忘記一個人？」

「沒數算過，說回頭，越是在意有沒有忘記，只會更加提醒自己又再次記起吧。」

「但如果不下定決心去忘記，有時又會繼續沉溺在過去的回憶吧。」

「如果那些回憶是快樂的話，偶爾沉溺，也不是不可以呀。」

「只怕沉溺得太深，就回不來了。」

「但如果一直勉強去忘記，結果讓自己變得太困倦，那又何必要執意去繼續忘記……而且，就算是要活在當下，也不是要提醒自己每分每刻為身邊的人與事心存感恩；如果你能夠對眼前這一刻的自己感到自在，就算是哭著或笑著，也是你生命真實的一部份。」

「真的可以不用忘記嗎？」

「其實，不用常常想著如何去忘記，也是可以的……說到底，要忘記一個人，就應該要有一生都忘不了的準備。忘不了，就忘不了，忘不了，其實才是正常的事情。你不是機械人啊，不是按一下刪除鍵，就可以甚麼都不會記起、重新開始。也正因為如此，有過深刻難過的回憶，人才會懂得成長，不是嗎？」 01:29

要忘記一個人，
就應該要有一生都忘不了的準備

累

困

Day 339 ／ 2541

「睡不著。」

「我也是。」

「在想甚麼呢？」

「想著從前。」

「這樣會更睡不著吧。」

「是啊，你也很清楚。」

「或許是明知故犯吧。」

「又或許只是不想太輕易地放過自己。」

「如果真的覺得很累很累了，人就會懂得放手吧。」

「你已經累了很久很久，你有真的學會放手嗎？」

「我覺得，我可以的。我已經不會再主動找他了。」

「嗯。有時我會以為自己可以放手了，有時又會覺得，我放手了，但是始終都沒有離開過。我依然會為了那個人的生日而想得太多，依然會因為看到一個與她相似的身影，而放慢了腳步……即使明明已經無比疲累，但還是又會再想起這一位其實已經很久不見的誰……」

「是呢，當我們感到疲累的時候，有時偏偏就會先想起這一個誰。」

「所以，我只希望，將來當我感到疲累的時候，我第一個想到的人，不會再是那一個人，也不會再去奢想，可以用我的疲累，來換取那個人的明白、體諒與同情……然後反而讓自己變得更加疲累，也始終無法真正放過自己。」

「那如果……」

「嗯？」

「如果到最後，一切都沒有好起來，那可以怎麼辦？如果到

頭來，我還是會被丟下，還是會無法接住自己，還是會⋯⋯」

「喂。」

「嗯？」

「我會努力去把你找回來的，好起來也罷，好不起來也罷，我們都不會一個人去面對。」

「一起面對灰暗⋯⋯這樣真的好嗎？」

「可能會不好，可能還會有其他困難，但有你在，已經比甚麼都要好⋯⋯好嗎？」 02:36

為甚麼一切已經過去，
但來到這天，你的疲累還是會與他有關

不
回
/

Day 357 / 2559

「有沒有方法，可以讓以前曾經喜歡過的人，以後都不會再常常傳你短訊？」

「為甚麼不想對方傳你短訊？」

「因為⋯⋯每次跟他聊到最後，也只會想起我們不可能再一起，然後只會換來更多不快樂，我不想再這樣下去了⋯⋯」

「那⋯⋯你將他封鎖，他就不能再傳短訊給你啊。」

「但是如果他知道我將他封鎖了，他一定會覺得我還沒有放下，又或是認為我小題大做⋯⋯」

「那他時常找你聊天，又是為了甚麼？」

「我也不知道⋯⋯他現在也有其他喜歡的對象了。」

「其實……」

「嗯？」

「只要你選擇不回覆他，又或是過了很久很久才去回覆，他就會開始感到你的冷淡，也不會再這樣常常找你在短訊裡聊天……是嗎？」

「真的會這樣嗎？」

「很多人也是這樣子變得疏遠的，就只看你想不想用這一種方式來疏遠而已。」

「如果他還是會繼續鍥而不捨傳訊息過來呢？」

「沒有如果，只有結果，他真的會鍥而不捨才算吧。」 23:10

只要不回應，只要不再見，
曾經親密的兩個人，還是可以突然無疾而終

過
不
去
／

「到底要用多少時間，才能夠真正忘記一個人，放下一個人？」

「你有聽說過嗎，當有一天你真正想通了，看透了，你會發現，其實根本不可能完全地忘記或放下，其實⋯⋯到最後，沒有真正的忘記或放下，我們就只是學會承認或接受，我們沒有放下，或始終都放不下，那些人與事，我們以後都不會忘記⋯⋯如果我真的可以將她放下，那只是因為我不想再勉強自己去把她忘記，就只是如此而已。我只能一邊記念她，一邊努力讓自己開懷一點、坦然一些，即使以後還是偶爾會因為她的事情而感到困倦，但⋯⋯我知道自己會漸漸習慣，我知道有一天可以再重新開始。」

「其實真的，最後沒有甚麼是過不去的。只是偶爾回想起，明明曾經那麼親近靠近過，我們是那麼的同步、有著同一樣的目標，那時候我們都總會在對方的身旁，都相信以後我們

會一直好好的、走得更遠……但是後來沒有特別的原因，我們竟然變得漸行漸遠，而他……如今竟然可以就這樣輕易地將我遺忘掉了，彷彿完全沒有半點介懷……後來我每次回想，都會覺得，我這一個人，是不是真的不值得讓他關心、讓他牽掛？就算你有多麼認真或不捨也好，也只是你自己一個人念念不忘，是你自討苦吃而已。」

「或許，每個人的心裡，都會有一些可以輕易遺忘的人，以及另一些始終都忘不了的過客……你有，他也有，就只不過是，你忘不了的人，剛好是他，他忘不了的人，剛好不是你，如此而已……並不是你比別人差，不值得去得到別人關心，你值得的，在他的回憶裡，只是他現在不會想起，也不會發現，自己以後是不會再與你相知相交。」

「道理我是明白，只是真的很難去接受與釋懷。沒有甚麼過不去，就只不過在此時此刻，還是很難走過去罷了。」 00:35

越是想忘，越不能忘，
越是想放，越放不開

好起來

／

「早前有一位朋友，她告訴我，明年要結婚了。」

「嗯。」

「她的未婚夫，和她在一起就只不過七個多月。」

「七個多月就決定結婚，是因為很喜歡對方嗎，還是他們彼此都覺得，對方是很適合共度餘生的人？」

「我也不清楚，這些事情，有時只有當事人自己才會真正明瞭。」

「嗯。」

「只是有時，還是會覺得有些奇妙。」

「為甚麼呢？」

「那位朋友，在跟現在的未婚夫在一起之前，曾經苦戀過另一個人……她喜歡了那個人五年，但是始終沒有跟他真正在一起。」

「五年都沒有在一起，是為了甚麼原因？」

「因為她喜歡的對象，本身就已經有另一半。他們若即若離地曖昧了五年，我們都一直勸她，不值得為這一個人再花更多時間，不應該再執迷於那個人的溫柔與欺騙，但是她始終都無法清醒過來，總是希望為對方做得更好、付出更多，她相信總有一天會感動到對方，但其實對方早已經表明，不會拋棄自己的另一半，他就只是希望跟我的朋友保持這種曖昧不明的關係。」

「唔……這樣的人，似乎有點自私呢。」

「我們都這麼覺得，但是在她總是會為他尋找到很多藉口，每次我們說起那個人的不好，她都會為他找到很多似是而非的理由，原諒對方，甚至希望我們可以給予她多一點認同。」

「執迷不悟的人，有時總會以為所有人都誤解了自己，以及自己正在執迷的人與事呢。」

「是這樣吧⋯⋯有時看到她的情況，我們都覺得很心疼。但也許，因為我們總是勸她要離開那個人，讓她感到壓力，因此後來她也沒有再主動跟我們分享她的心事，直到有一天她跟我們宣佈，她已經放下那個人了，並且跟另一個人⋯⋯即是她現在的未婚夫在一起。」

「那也好啊，如果她真的可以放開，也是一種運氣。」

「嗯，記得當時我看見她的笑臉，有一種豁然開朗的感覺，彷彿是我們年輕時、最初認識她時的模樣，我們都很替她高興⋯⋯只是之後，知道她要結婚了，還是會覺得有點奇妙，也覺得⋯⋯有點羨慕。」

「是因為覺得，為甚麼可以這麼快就放下，然後還可以這麼快跟另一個人，步入人生的另一個階段嗎？」

「其實我自己也不太清楚，只是偶爾會想，為甚麼自己不能像她那樣好起來，為甚麼我還會為那一個誰，而繼續執迷不悟⋯⋯」

「不要忘記，每個人都有自己的路，也有各自的命數，有時就是不能夠拿來比較⋯⋯也沒必要因為自己還沒有好起來，反而更加去責怪自己。」

「但是，我還是會好想好想，可以重新開始⋯⋯我一直告訴

自己要好起來，要讓自己過得更好。他要離開、他喜歡了別人也好，這些事情總是會過去的，是嗎？但當我漸漸復原過來，開始建立可以活得更好的自信，回憶又會突然襲來，或是當我碰到關於他的事情、看到他與別人的合照，之前一直建立的自信就會瞬間崩潰，會覺得自己好沒用，甚至會看不開想做傻事……我知道這很傻，但有時情緒真的很低落，有一種深深的無力感，也會好討厭這樣的自己。只是又不可以讓人看到自己的軟弱，不想對任何人帶來影響……這樣的自己，真的好累好累。」

「我想，到最後你會發現，其實沒有真正的放下，也不會有真正的好起來。有時一切也是一個過程，好壞交替，連綿不息。好不起來，不一定就是不好，很多人其實也是好不起來，但也不代表就是不正常。大家也是一樣吧，有時勉強自己裝作堅強，有時寧願自己一個人躲起來療傷。其實根本沒有所謂好起來的標準，就只有如何用比較快樂的方式，讓自己可以好好走過眼前的難過。」

「比較快樂地，去走過難過嗎……」

「我想，你的朋友，也不一定是真的已經完全好起來，畢竟曾經這麼喜歡過一個人，也不是每一個人都可以說忘就忘、說放下就放下呢……但是她如今還是可以跟另一個人去重新開始，踏入人生的另一個階段，並不是因為她已經完全好起來了，而是她終於找回，可以重新開始的勇氣……這個世界

沒有規定，只有等自己完全好起來，才可以往前走，是嗎？只要自己還不想放棄，只要你覺得快樂、值得，其實你隨時都可以重新開始，其實，你也沒有必要勉強自己一定要去重新開始。」 22:01

最疲累的，不是好不起來，
而是每天仍要繼續裝作堅強

不忘／

Day 450 ／ 2652

「那天，下班後，我獨自離開公司，原本打算回家，可是走到車站，卻沒有想上車的意思⋯⋯我知道應該要上車，但車子來了，我就只是眼睜睜看著它離開，然後下一輛車來到，其他人都上車了，而我還是繼續看著它駛走⋯⋯後來我在車站等了半個小時，但最後還是沒有乘上任何一輛車回家。」

「是因為你覺得太疲累嗎？」

「我也不知道⋯⋯如果感到疲累，其實應該要乘車回家、早點休息，是嗎？」

「但是當遇到一種很深很深的疲累來襲時，那種感覺與當下的情緒，有時會讓人失去思考與行動的力氣⋯⋯就像覺得自己做甚麼都沒有作用，一種無能為力的感覺，然後就採取一種放任的態度，用自暴自棄的方式來作出一種渺小的反抗。」

「我也不知道這算不算是反抗⋯⋯後來我離開了車站,在街上順路而行。我知道自己正在朝著家的方向前進,但心裡卻不確定自己是否要這樣回家。我走過一條又一條街道,心裡的疲倦感覺彷彿得到一點點抒發,可是越是走下去,越是感到自己像是錯過了一些甚麼。我走到一個繁忙的十字路口,抬起頭仰望,只見天色已經完全暗下來了,我再看看手錶,原來已經快要七點了,路上都是趕著回家的人,而我卻不知道自己要往哪裡去⋯⋯

「後來我又走了半個小時,走進了一間餐廳,我知道自己是餓了,但是看著 Menu,卻沒有半點食慾。但我還是跟侍應點了一份晚餐。不一會,侍應送來了餐湯與主菜,原來當天的晚餐主菜是青咖哩雞,平時因為我不吃辣,所以不會主動去點這一道菜。我拿起餐具,輕輕舀了一點青咖哩細嚼,心裡忽然感到一種苦澀滋味,好想哭,但還是無法哭得出來⋯⋯我一口一口吃著,然後我終於想起,青咖哩雞是某人以前最喜歡點的菜式,那間餐廳,我們曾經光顧過一次,那一天的兩年之前,我們曾經一同許過一個心願,即使後來他都不會再記得,我們也沒有再見⋯⋯但是不知為何,兩年之後,我忽然想起了這曾經有過的一切,我曾經離開了,只是我又像是一個執拗的小孩一樣,讓自己又回來這個地方。」

「有些事情,就算你如何刻意逃避,刻意不去談及,就算其他人都已經似乎忘記了,但當你去到某些地方,當你聽見了某一首歌,當時間又回到那一個季節、那一個月份日子,當

你夢醒過來，發現那些應該早已被淡忘的難過、委屈與無奈，仍是如此深刻震撼，那些發生過的細碎，還是恍如昨天一樣清晰。」

「嗯⋯⋯我還以為，自己已經不記得了。」

「你其實甚麼都沒有忘記，只是因為你之前已經堅持了太長時間，你累了，也承受了太多的刺痛，於是你只能嘗試假裝自己不再執著、不再記住那些放不下的人與事，你希望暫時放過自己一會兒，但這並不代表你的想法改變了，不代表那些傷口已經癒合，某程度上，你是想用另一種方式，來讓這份記憶變得更加漫長⋯⋯因為你曾經是那麼認真那麼在乎，縱然來到這天，你還是得不到一個正面的回應或答案，但你相信只要自己沒有忘記，這個故事就不會有一個真正的終結。」

「會覺得這樣是太執著嗎？」

「或許，但有些執著，就算是執著一世，你也是會認為應該，也是會感到值得，不是嗎？」 03:12

我知道你真的很累，
因為來到這天，你甚麼都沒有忘記

想
念

/

「偶爾我也會很想念他，想念到，好想立刻將他擁抱入懷，想念到，覺得此刻仍能夠如此純粹地想念這一個人，就算以後可不可以再見，就算以後都不能夠再擁抱，但是只要他仍然好好的，仍然可以自由自在地繼續生活下去，那麼這份思念，即使不會得到回應，但也是會感到值得。」

「明明很想見到對方，卻覺得如今的不再往還，才是最理所當然的結局。」

「很矛盾嗎？」

「不，其實很平常。」

「嗯……這樣的想念，有一天會有盡頭嗎？」

「你有聽說過嗎，想念一個人，可以有很多種形式，而不是

就只有想著對方的臉容、想著與對方有關的事情或回憶。」

「例如呢？」

「有些人的想念，是特意去重播一首歌，或是去聽很多首，
已經很久沒聽見的歌曲。有些人的想念，是去一趟很遠很遠
的旅行，或是去從前與對方同遊過的國家與城市裡，甚麼都
不做，就只是靜靜地呆上幾天。有些人的想念，是拿起手機
按下對方的電話號碼，卻從不曾按下撥出鍵。有些人的想
念，是突然心血來潮，一個人默默去走幾小時的路，過程裡
未必會特別想起那一個人，但是心裡卻清楚知道，自己是為
了誰而在這個城市裡放任迷走……

「有些人的想念，是努力活好之後的每一天，不想辜負從此
的自己，不想讓最後選擇不要再見的那一對彼此，留下更多
後悔與遺憾。有些人的想念，是希望在想念對方的過程與時
空裡，可以尋回從前那一個認真勇敢的自己，在與對方重聚
的同時，也為自己找回可以重新開始的力氣，再去愛一個人
的初心與純粹……

「有些人的想念，是會依然留在對方的身邊，默默想念著從
前的對方、最初自己所在意著緊的那一個人，不祈求對方也
會跟自己一樣，不奢想去改變這一份現狀，就只願可以繼續
守在對方的身邊，縱使那一個想念中的他，以後只會離自己
越來越遠……但是他們會覺得，這樣就已經足夠了，因為所

謂想念，到最後都只不過是一個人的浪漫，一段不會有回報的自我圓滿。偶爾我們會放過自己，讓這份想念暫停，讓自己可以在當下的生活裡，尋回一點走下去的力氣。偶爾我們又會寧願沉溺在這一份想念當中，即使或會停滯不前，即使最後會尋回一些悲傷，但是你知道，這一份回憶以後只會越來越褪色，將來未必會再有多少機會與時間，可以再如此細緻地去回味那些曾經，那些你始終不願放下、但是最終會變成煙火消逝的時光⋯⋯

「想念一個人，是不會有盡頭的，也是終會有完結的一日。可以想念，有時其實是一種福氣，可以笑著想念到老，是對方留給自己的最美好禮物⋯⋯即使他最後也不會知道，有一個人，曾經因為他而如此想得太多。」

「⋯⋯謝謝你。」

「為甚麼謝我呢？」

「謝謝你。」 02:27

想念一個人，是不會有盡頭的，
但也是終會有完結的一日

善
良

/

Day 500 ╱ 2702

「早幾天，無意中看到以前另一半的一篇臉書分享。」

「以前的另一半……是我認識的人嗎？」

「對，就是你認識的那一個人。他分享了一篇新聞，內裡提
到因為其他國家的一場交通意外，有些人受了重傷甚至喪失
了生命。而重點是……他認為那些人是該死。」

「為甚麼他會這樣認為？」

「最初我不太明白，但後來我再看他其他的臉書分享，他對
很多事情都有一種很明確的立場……他的立場比較支持政
府，也不喜歡某些國家，所以看到那些國家有任何天災或意
外，他都會……嗯，都會覺得這是報應。」

「這麼嚴重……他似乎很痛恨那些人呢？」

「或許吧……其實現在我也很少跟他聯絡了。」

「以前……我記得我認識的他，好像也不是這樣的人？」

「以前他很少為這些事情表達看法，或者該說，他很少關注時事新聞，因為平常他都會忙著工作，日常相處，我們也很少去談論其他國家的事情。」

「唔……覺得可惜嗎？」

「也不是。只是現在回想起，那時我們感情變淡了，最後決定分手，朋友們都說，他是一個不錯的對象，有外表、有才華、他家裡也有錢，為甚麼我不好好留住他……」

「我記得那時候你也很不捨得，但你從來沒有說過希望復合。」

「嗯，但後來我還是為他抑鬱了幾個月。大家都說他很好，但我卻錯過了這樣的一個好人。以前一直都說不上來，自己為甚麼沒有好好留住他，彷彿真的都是我自己的錯。但現在我終於明白，原來我們的想法與價值觀並不一樣。又或者是，我們以前從未真正認識過對方吧。在風平浪靜的時候，彼此或許還可以和睦地相處，只是當遇到大是大非，大家就會開始發現，對方的想法和個性，與自己有著哪些差異。然後就會開始思考，是不是還有可能去互相補足、磨合、一起

學習面對？或是根本就是背道而馳，再怎麼勉強維繫，也是只會讓彼此更難受。」

「就算再怎麼喜歡，但如果兩個人的性格、想法、價值觀、人生經驗，本身就已經相差太遠，最後還是無法一起走下去。」

「就是了⋯⋯你不一定要跟最好的人在一起，但至少一定要找一個善良的人。」

「那麼，現在你是慶幸，自己當時沒有跟他繼續在一起嗎？」

「是有點，哈哈。」

「那也是好事啊，至少你不用跟這樣的人共度餘生，甚至在不知不覺間變成一個你原本最討厭的人。」

「嗯，真的幸好。」 23:12

你未必可以跟最好的人在一起，
但至少要找一個善良的人共度餘生

「偶爾，他還是會打電話給我。」

「你有接聽嗎？」

「有時。只是每次談到最後，我們都會不快地掛線，因此我有時會選擇不要接聽他的電話，又或是假裝沒空、很快地掛線。」

「通常你們會聊些甚麼，而讓你們不快地掛線？」

「唔……他依然會很想用一個朋友的角度來關心我，同時也會責怪我對他這個朋友越來越冷漠、變得陌生，但問題是，我沒有說過很想跟他繼續去做一對朋友。因此到最後，我們都總會聊到從前的事情，他怎樣對我不好，我如何沒有體諒他的情況……然後說到最後的最後，我們都會提起，他現在已經有其他喜歡的人了，我們已經不再是以前的我們了，再

說下去又有甚麼意思？結果就只好掛線，就只可以不要再讓這種痛苦，繼續重複循環延伸下去。」

「其實……他還是會想念你吧。」

「但是對他來說，我如今最多就只會是 IG 的限時動態，就算偶爾可以回復從前的快樂有趣，第二天還是會自動被抹掉消失，不可能恆久。」

「但對你來說，他就是你最珍貴的典藏吧，就算曾經再動人深刻，你也不會再讓其他人看見，但是也永遠不會刪除……是嗎？」

「或許吧……」

「如果他還想念你，如果你也想念他，如果你也感受得到他的認真……那你為甚麼不把這些想法心意都告訴他知道……他知道的話，他可能會回來你的身邊？」

「但是我不想他回來。」

「為甚麼？」

「因為我們曾經那麼喜歡過對方，也曾經因此而狠狠傷害過對方，縱使那份喜歡的心情是不會改變，但是因為我們彼此

曾經都是對方最親近的人，那些互相傷害過的疤痕，是既深刻，也難以抹走……我們都知道，已經很難再回到最初一樣。即使我們依然會不捨得對方，但如果再繼續一起，也只會讓那份難受與刺痛延續下去，那我寧願他不要再回來，我也不想讓他知道，其實我仍然會想念他，其實我從來都不想他離開。」 23:44

限時動態，其實最後會儲在典藏的隔鄰，
只是我們還是會選擇繼續錯過

最
喜
歡
/

Day 541 ／ 2743

「你試過嗎，曾經很喜歡很喜歡一個人，但是後來始終都無
法跟對方在一起。」

「試過啊。」

「之後就算再遇到其他的對象，但總是會覺得自己不能夠再
像從前般那麼投入。」

「那或許是因為，你並不是真的很喜歡那些人，而你其實
已經將你最好的一切，都全部送給那一個很喜歡很喜歡的
人。」

「那你會不會害怕，自己以後無法再遇到一個可以讓你很喜
歡很喜歡的對象？」

「與其說害怕，我想我其實會感到有點失落，以後我可能再無法遇到那一個，曾經那麼喜歡一個人，可以義無反顧、可以付出所有、可以變得更好的那一個自己⋯⋯其實我也很喜歡，可以全心全意地喜歡他的那一個自己。但是他走了，也將那一個最好的我都一併帶走⋯⋯而他是永遠都不會明白我的心情。」

「嗯⋯⋯最喜歡的人，通常不可以在一起，但是以後，每次再見這一個人，你都會想起自己曾經有多喜歡對方，甚至從未改變。」

「是呢，以前，在最初最初的時候，你還以為自己不可能會對一個不會回應的人堅持太久，還會以為，如果明知道不會有結果，再傻的人也會知道要放棄、不值得喜歡下去⋯⋯但原來有些喜歡，就算明知道沒結果，還是會一直歷久常新。就算明知道沒意義，還是會希望對方可以快樂幸福。」

「然後還是不會奢求，對方哪天會明白及知道。」 23:27

最喜歡的人，未必可以在一起，
但在你心裡，永遠會藏著這一個人

封
鎖
／

Day 553 ／ 2755

「你有試過被一個人封鎖嗎？」

「你是指臉書那些嗎？」

「嗯。」

「有啊。」

「咦，想不到你會被人封鎖。」

「有時在網上討論時事，總會遇到一些意見不合、也不懂得禮貌尊重的人啊⋯⋯有些人說不過人，往往就會惡言相向，然後就立即將你封鎖。」

「哈哈，原來是這樣。」

「你呢，你有試過被別人封鎖嗎？」

「沒有，不過曾經會很擔心，自己會被喜歡的對象封鎖。」

「為甚麼會擔心呢……你做了甚麼事情讓對方不快嗎？」

「沒有啊……那時候就只是很單純的喜歡對方，現在回看，其實我們也沒有發生過甚麼事情，就只是普通的朋友交往與聊天。但是那時候，因為喜歡對方，會將一些其實很平常的小事都想得太認真，於是就連傳送一個訊息給對方，也會變得想得太多，會擔心自己會不會打擾對方，也會害怕，自己常常傳訊息給對方的話，對方會不會感到厭煩，然後就將自己封鎖……」

「原來如此……有時也會害怕，對方可能會因為不知道如何拒絕自己，乾脆就將自己封鎖，是嗎？」

「嗯……也因為這樣，那時候自己也一直不敢向當時喜歡的對象開口，害怕表白後對方就會直接封鎖自己，以後就不可以再跟對方聊天了。」

「我想很多人都會經歷過這種心情呢。」

「嗯……告訴你一件事情。」

「甚麼事呢？」

「昨天，我將他的臉書封鎖了。」

「……為甚麼將他封鎖？」

「只要將他封鎖了，以後他就不能夠再傳我短訊，他也不會
再看到我臉書裡的近況與過去的貼文……同樣我也不能夠再
主動找他了，你覺得，這樣對我們兩個不是會更好嗎？」

「是因為發生過甚麼事嗎？」

「其實，沒有。」

「那為何你突然決定將他封鎖？之前聽你說，他偶爾才會找
你，如果你不想理他，只要不回覆他的訊息、不接聽他的電
話，不是已經可以了嗎？」

「但那只是解決了其中一些問題……我們依然會看到對方的
近況，會看到對方的 IG Stories，當我更新了，我會立即看到
他曾到訪，然後我又會記起，他曾經為我的臉書與 IG 設定
更新通知，到現在還是沒有更改……但其實我們現在已經甚
麼都不是了，他卻依然會如此關心我的事情。同樣地，他的
Stories 也是會出現在我 IG 的前列位置，每次只要他有更新，
我都會猶豫應不應該點進去看，都會想這次會不會看到我依

然會在意的近況，都會猜那點意義不明的片言隻語是否與我有關……」

「是因為，他依然是一個你會很思念的人，這其實……很平常。」

「是的，但是也因為這樣，我才要決定將他封鎖。」

「因為太思念一個人，所以最後決定封鎖對方……不是很自相矛盾嗎？」

「或許吧，但與其說是因為太思念，不如說其實我仍然是不捨得放棄，但來到這天，我也終於明白一件事情……一件以前你曾經對我說過，但當時其實我不太明白的事情。」

「是甚麼事情？」

「就算再思念再不捨，但是也只有靜靜的離開，我們才可以有機會放生自己……是嗎？」

「嗯。」 00:09

或許只有徹底斷絕所有往來，
才可以真正放過彼此，讓自己再重新開始

往前／

Day 555 ／ 2757

「其實我也知道，若是再如此下去的話，以後我和他漸漸會變成不會再見。」

「但是……你還會掛念他吧？」

「應該會吧……我應該還是會，因為太想念他的身影，而在街上茫然卻步，又或是抬頭看見晚霞的時候，會好想他也可以在我的身邊……偶爾還是會覺得，自己彷彿仍然在原地踏步，還是沒有徹底地從他的傷害中清醒過來吧……但是我也會清楚知道，如今我們就算再見面，可以再相聚，也只會於事無補，有些矛盾有些心結，到頭來還是始終無法改變。」

「那你不怕，有天你們會變得陌生，甚至他會漸漸把你遺忘？」

「會怕，有時我也會想，如果有天他跟別人變得比跟我還要

親近，如果有天我在他的心裡已經不再留有任何位置，我想我應該會無比失落吧，甚至會後悔，為甚麼自己沒有好好去留住這個人。但是如果這樣去想的話，到最後我又只會再次重複回到那一個想放下、但不能真正放下的無限迴圈裡，我害怕自己被他丟棄被他遺忘，但結果又再一次讓自己變得更加念念不忘。但說到底，對於他來說，其實我已經是一個過客了……若最後真的只能如此，那也代表，我在他心裡面的份量，其實也不外如是吧……可能有天，我們在街上擦身而過，他也不會發現我曾來過……若是如此，那麼如今我選擇不要再見他，不要再打擾，對他來說也是一件好事啊。」

「看到你如今可以這樣淡然地放下，我之前還以為你仍然很喜歡他呢。」

「就是因為我太喜歡他，也太清楚知道，在他餘生的幸福裡，並不一定需要我的存在，所以我才會寧願去成為他生命裡的一個陌生人，只要他可以好好的繼續活著，那就已經足夠了。」

「我想，其實你還是沒有完全的放開吧，就如你剛才所說的，將來可能還是會為他而想得太多，甚至想念到心痛。但至少，如今，你終於可以嘗試向著明天前進了，你終於還是可以尋回一些失落的勇氣，還有最初的目標，讓自己再重新開始……」

「或者應該說，我會擁抱著往昔那一個不成熟的自己，一起繼續向前學習、成長……就好像之前你跟我說過的，戀愛會結束，經歷會留下來，陪我們一起繼續戀愛……對嗎？」

「這一段路，真的辛苦你了。」22:55

並不是只有完全的放開，
才有資格繼續朝往明天前進

終
結
／

「在嗎？」

「在啊。」

「在做甚麼呢？」

「沒甚麼啊，剛剛洗完澡。」

「會打擾到你嗎？」

「不會。」

「很久沒找你聊天了，你最近好嗎？」

「還好，你呢？」

「不錯啊。」

「那就好了。」

「這晚忽然想起你呢。」

「為甚麼想起我啊？」

「想起，我們真的有很久沒有聊天，都快有兩年了⋯⋯你有
注意到嗎？」

「抱歉我沒有注意到⋯⋯原來有這麼久了嗎？」

「我剛剛看回我們的訊息記錄發現的。」

「原來如此⋯⋯這兩年來，你都在忙著甚麼呢？」

「忙嗎⋯⋯其實也沒有在忙著甚麼，就只不過是比以前花更
多時間，去關心身邊的人與事。」

「似乎不錯啊。」

「嗯，當我可以放開後，我才發現，在我的身邊、在我的生
活裡，原來還有很多人與事都值得自己去關心、去珍惜，這
個世界，原來並不是只有愛情⋯⋯」

「是的，這個世界，還有很多值得我們在乎的人與事，當然，也有一些我們依然無法理解的傷痛與迷惑……大家都是一邊學習，一邊繼續前進成長吧。懂得珍惜當下所擁有的，其實也是一種幸福。」

「嗯……我也沒有再找他、跟他見面了。」

「不知道他現在過得怎樣呢？」

「他已經結婚了。」

「咦，這麼快？」

「據說是和公司認識的同事結婚。」

「真想不到呢……」

「其實我已經覺得……他變成怎樣也好，我都不會太在意了。將來，他會找到屬於他的幸福，以後他的世界，只會繼續越來越跟我無關，但同樣，我也會擁有屬於我的幸福，我的世界不再需要他的存在，也可以活得更好、更自在。」

「如今你能夠真正的看開，真的是太好了。」

「是嗎？」

「忘不忘得了，並不是最重要的。知道一切的難過，但還是可以用平常心來面對……這其實並不容易做到。」

「以前你會相信我可以做到嗎？」

「我相信，你總會好起來的。」

「謝謝你呢。」

「嗯。」

「這次找你，其實有一件事，一直都想問你呢。」

「是甚麼事？」

「你還記得嗎，我第一次找你聊天的時候，你跟我提過一個，關於忘記的故事嗎？」

「記得啊。」

「之前一直想問你那個故事的後續，可是每次都總是忘記去問……之後不經不覺，就拖延到這一天。現在你能夠告訴我，那一個後續嗎？」

「嗯⋯⋯你想聽真正的版本，還是想聽原本的版本？」

「我不明白⋯⋯這兩個版本有甚麼不同嗎？」

「就是字面的意思，原本的版本，與真正的版本。」

「那⋯⋯我想聽原本的版本。」

「好⋯⋯後來那一個人，始終都無法想起，自己有哪些事情想要忘記。為了尋找這一段失落的回憶，於是他決定展開一段旅程，去自己以前到過的國家旅行，跟自己所認識的每一位朋友見面，誠懇地詢問對方，自己有沒有提過要忘記哪些事情⋯⋯可是大部份朋友，都笑說他想得太多了，他們都不知道，他有哪些事情好想忘記。有些朋友會開解他，如果連他自己都忘記了、自己要忘記甚麼，那即是代表，那些事情其實並不是真的重要吧？那又何必為此而煩惱太多，反而更折騰了自己⋯⋯

「漸漸，他也開始變得沒那麼在意，自己有甚麼事情還沒有忘記，因為在旅途的過程中，每次與從前的好友們碰面時，他都會重新記起一些自己遺忘了的回憶，有開心的、不開心的、重要的、不重要的，他覺得自己彷彿在不同的朋友身上，找回很多自己失落了的碎片、還有笑臉，因此漸漸他都不再在意，自己還有甚麼事情沒有忘記⋯⋯直到有一天，他回到

自己所住的城市，他在機場的大廳裡，偶然遇到一個女生，一個已經六年沒有見面的朋友⋯⋯

「那個女生拿著行李，從他的身邊走過，往離境的大廳走去。他認得那個女生，可是他同時間也知道，對方並不認得自己，因為他們已經六年都沒有碰過面，因為自己從來都沒有在對方身上，佔有一個重要的位置⋯⋯那刻他忽然記起，自己曾經很喜歡這一個女生，只是當時自己不敢面對這一份感情，因為當時她與他最好的朋友在一起⋯⋯這一個人再特別也好，她是好朋友的另一半，這是一個自己不可以去喜歡的對象，可是即使明知如此，心裡的那一份遺憾與失落，卻日漸擴大，他卻一直無法明確的為這一份感情下一個定義，因為他始終沒有向自己坦誠，對這一個女生有過太深的喜歡⋯⋯

「也因此到後來，他好想去忘記這一份遺憾的感覺，他卻已經分不清楚，這份遺憾是因誰而起，自己一直逃避面對的人與事，到底是甚麼。因為在他想要逃避之前，他與那個女生甚至那一位好朋友，已經變成不會見面、不會再互相問候的過客⋯⋯」

「但是因為此刻在機場裡與那個女生重遇，他才終於記起，自己一直想要去忘記的人，原來就是她嗎？」

「嗯。」

「那他現在終於重遇那個女生，不是可以有機會和她重新發展嗎？」

「只是他覺得，那個女生剛才從他的身邊擦身而過，她已經一點也認不出自己，可能對方早已經將他忘得一乾二淨了，而且他又想，他終於記起，自己真正想要忘記的人與事，而在之前的旅程裡，找回很多已經遺忘了的笑臉……自己還仍然喜歡這個女生嗎？彷彿都已經變得不再重要了。於是最後，他就只是低頭微微笑了一下，然後拿起行李，繼續往自己原本要走的方向離開。」

「嗯……對他來說，這可能也是一個不錯的結局呢。」

「是啊。」

「但如果我是他，我想應該還是會叫住那個女生，跟對方打聲招呼吧。」

「為甚麼呢？」

「因為這麼難得再遇上，我覺得這是天意安排呢。」

「哈哈，你想得太多了。」

「好吧……那你可以再告訴我，真正的版本嗎？」

「……你真的想知道？」

「嗯。」

「真正的版本，其實很沒趣……」

「但我真的想知道呢。」

「嗯……真正的版本是……其實這個故事，是純屬虛構。」

「……純屬虛構？」

「你還記得嗎，三年半前，你第一次傳短訊來找我聊天，原本你想跟我聊些甚麼嗎？」

「應該是一些關於……感情的問題。」

「嗯，但是那時候，看著你的訊息，我感受到你的欲言又止，你好像不知道應該怎麼去開口……我怕你自己會感到尷尬，於是就靈機一觸，用這個故事來嘗試讓你打開話興。」

「這個故事，是你當時才構思出來的嗎？」

「嗯。」

「好厲害啊，好有真實感。」

「其實……也沒有甚麼厲害，只望你不會見怪就好。」

「怎會見怪……我應該要感謝你才是。」

「為甚麼？」

「因為這些日子以來，你陪我談了這麼多，每次我睡不著，或是我有甚麼事情想不通，你都不會嫌我煩，一直耐心地陪我面對各種煩惱。」

「其實我也沒有幫上甚麼忙，到最後還是要靠你自己，我就只是在旁邊默默監督而已，哈哈。」

「但我還是想跟你說聲謝謝呢。」

「嗯，那我就欣然領受吧。」

「哈哈……是呢，這次找你，還有另一件事情想告訴你。」

「你要結婚了，是嗎？」

「你怎知道的啊？」

「我有看到你的臉書更新呢。」

「原來如此⋯⋯想不到你會留意啊。」

「婚期定在甚麼時候呢？」

「是我生日那天⋯⋯」

「那即是十二月呢。」

「嗯⋯⋯」

「恭喜你啊。」

「謝謝你⋯⋯到時你能賞臉參加我們的婚禮嗎？」

「好啊。」

「真的？」

「當然，一定會來的。」

「實在太好了⋯⋯這次我們沒有邀請太多人，都是一些比較

熟稔的親友……謝謝你會來呢，我遲些再寄請柬給你。」

「嗯，期待那天的到來呢。」

「嗯。」 00:00

我放下手機，走到窗前，仰望掛著半月的夜空。

終於來到這一天了。

我輕輕呼口氣，心裡默默許了一個願。

只望你會快樂幸福。

只望未來的每一個無眠夜深，不會再收到你的訊息……

那應該就會是最圓滿的終結。

一直聆聽的人，
也會有需要傾訴的時候

Y：

你有聽說過嗎，有些情誼，是從一而再的傾訴與聆聽之間，逐點逐點累積而成的。

但有時候，兩個人就算靠得再近，就算已經認識很久很久，但是彼此始終無法真正做到坦誠交心。縱然累積過多少情誼，有些心事，到最後還是會無法得到對方的聆聽與接收。

或許是因為，這兩個人本身並非活在同一個世界，你有你嚮往的晴空，他有他沉溺的深海，你無法明白，有些壓力可以比天更高，他也無法理解，有些自由可以飛得多遠……或許某些時候，你們可以快樂地交好，在順遂的日子裡相親相敬，但心底裡還是會知道，或不斷作出反證，你們本身並不是同一類人。有些感受即使說得再深刻再細緻，最後還是無法被真正理解；有些心意，即使盛載過多少勇氣與認真，但到頭來，也是會換來一再逃避與無聲的結局。

又或許並不是這樣。你們都會著緊對方、都會希望與對方一起繼續同行，只是在最初認識的時候，你們已經為彼此設定了一個身份。例如，你是他的好朋友，他是你的知己；你是他想要去照料關心的人，他是你曾經無比信任、可以去傾訴去分享心事的對象，你是傾訴者，他是聆聽者，這是你們一直以來的相處模式，最舒服也最自然。而你們也從來沒有想過，要去改變這當中的預設⋯⋯只是去到後來，有天你或會覺得，為甚麼一直以來，就只有你在坦露自己的感受與想法；而他又會去想，為甚麼你總是在失意低潮的時候，才會想起這一個他⋯⋯彷彿，他就只是一個對你的心事有興趣的知己，彷彿，你就只是一個對他的安慰有需要的好友。

然後終有天，你們會漸漸對這種情況，感到疑問或厭倦，你們也再沒有一定要去傾訴或聆聽的心事與心情。這一種連接，會漸漸消逝在往後越來越多的已讀不回之中。

你呢，你曾經遇到一個，可以分享心事的對象嗎，又或是成為對方心事的聆聽者，伴對方渡過一些最艱難的時刻？

每一個人，都總會有想要釋放內心感受與情緒的時候。會想找一個人好好傾訴，只是也不是任何人都適合去當一個聆聽者。因為，並不是每一個人都懂得聆聽，而且不是一味的聆聽，也需要有適當的溝通互動。例如會因為你的遭遇而感到

共鳴，會因為你的難過而屏氣靜息；又或是在你需要的時候，給予安慰、開解、鼓勵或指引，甚至是一個溫柔的擁抱、一次安靜的陪伴……即使到最後，那些煩惱與不安未必可以得到一個圓滿的解決，我們依然要去繼續尋找某個未必存在的答案，但透過這次傾訴，我們會得到一點釋懷，一點可以重新開始的力氣。

同樣，可以盡情地對另一個人傾訴，將自己的軟弱之處揭示在別人面前，其實也需要無力的勇氣，還有緣份。要找到一個適合的聆聽者並不容易，要找到一個信任而適合的聆聽者，更不容易。有些人未必會對你的心事感到興趣，你說得再投入，也只能換到對方的心不在焉與偶爾敷衍；有些人偶爾會欠缺同理心，認定你強說愁或小事化大，結果反而令你更感鬱悶；有些人並不是真的想聽你的心事，就只不過是想將你的祕密變成茶餘飯後的八卦，漠視你對他的信任；也有些人本身也正在經歷一些心事煩惱，你們都同樣需要得到別人的聆聽，但彼此越是說下去，越是無法找到一種真正感同身受的共鳴……

然後有天你會發現或接受，即使你認識很多朋友，但原來真的可以傾訴的對象，並不太多。偶爾你或會想，這個世界其實並沒有真正的感同身受吧？與其勉強奢求別人理解，倒不如繼續保守自己內心的平衡。只是有時你又會相信，因為我們沒有同一樣的經歷、沒有相同的感受與想法，也未遭遇到那些令人不想再回味多一次的刺痛與傷害，所以彼此才會有

多一分的胸懷與力氣，去嘗試接觸與理解別人的痛苦，才可以有更多的溫柔與耐心，陪伴對方走過那些灰暗的日與夜，成為彼此將來無法被取代的重要回憶。

是因為仍然有著這一種期望，因此我們才會繼續小心翼翼地，去尋找那一個願意去聆聽的人。同樣，換個角度，能夠成為對方心事的聆聽者，原來也是這麼的不容易，原來這背後，可以有過多少沒有說出來的曲折。即使一個充滿內涵、善解人意、有相近的閱歷、富有同理心的人，也未必適合去當另一個人的聆聽者，如果對方始終沒有為自己空出時間與心情，如果沒有足夠的專注與耐性，是不可能做到那一個一直陪你、也一直懂你的人。這一種緣份，是多麼難能可貴，也從來不是理所當然。可以一直互相陪伴，也可以始終互相信任，是好友也是知己，可以茫茫人海中相遇上，實在是一份莫大的福氣……

也因此，這樣的一個人，我們又怎麼捨得輕易錯過，又怎可能捨得讓他獨自面對或承受，更漫長的無助與不安……

你說，是這樣嗎？

最後，願這天的你一切安好。

願明年今日，我們終於可以真正面對面說再見。

如果有天
我們可以更愛自己

你有試過這樣嗎⋯⋯

不知道從何時開始，
你變得越來越少跟別人談話，
有時就算看到朋友傳來的訊息或問候，
也沒有心情回覆，甚至不想檢查訊息⋯⋯
就算朋友提出見面，也開始感到猶豫，
然後訊息一直累積，又會為自己帶來壓力，
怕自己的不回覆會惹人擔心或不快，
會很想重整心情一次好好回覆，
但到最後又總是有心無力，
而這點情緒還是會繼續累積下去，
越是覺得自己應該好好回覆，
越是會變得想要逃避去面對。

其實，
並不是沒有想分享的事情，

並不是沒有跟別人談話的需要，
並不是已經習慣孤獨與寂寞，
並不是再沒有人需要或記得自己⋯⋯
但彷彿已經失去了對話的力氣，
也失去了解與被了解的能力與需要，
因為在過去的這一段日子，
那些你曾經堅信的信念與價值，
那些你依然想要守護的人與事，
彷彿你再認真或堅持，也只是一些無謂的執著，
然後更加深你內心的無力感。
世界變成怎樣也好，都已經與自己沒有關係了，
只要還能夠繼續保持內心的那點平衡、
可以不再受到更多負面的人與事煩擾，
就覺得已經足夠，也不敢再去期待更多。

你有試過這樣嗎？

因為一而再的防疫抗疫，
也因為近年來香港的環境氣氛變化，
有一段時間，自己變得懶去對別人說話。
不論是於現實、還是在網絡裡，
有時會不想回覆別人的說話與訊息，
覺得都沒有甚麼值得再去認真細說，
別人再怎麼誤解或有心偏見，也由他吧。
不會見到朋友，彷彿也可以啊，

不能與人交心，也好像變得不再重要……
但其實不是真的沒有話要說，
有一些重要的想法與心情，
仍然需要透過對話與見面，
來整理及釐清當中真正的意思，
以及延續與累積彼此的情誼與回憶。
不論是想要傾訴的一方，還是耐心聆聽的一方，
透過對話，透過各種不同的目光與笑臉，
原本一些平凡的言語及文字，
都會被賦予一些意想不到的色彩，
甚至延伸出更多不一樣的想法與意義……
有時真正動人的，是我們曾經一起互相陪伴，
一起分享、經歷及回眸的那些時光，
而過程中聊過甚麼，反而變得不那麼重要；
即使對方最後甚麼都不想說，
你都會繼續留下來陪伴對方，
因為你知道，對方也一定會這樣對待自己……
而這從來都不會是理所當然，甚至是可遇不可求。

因此，我想在這個時刻，
總會有一些人，需要這樣的一個故事。
也許這天，依然未可找到答案，
又或是改變眼前困局的契機與勇氣……
但希望你不會忘記，你不是只有自己一個人。
除了需要對人傾訴，你也是一個聆聽者，

可以去聆聽別人的煩惱，
也可以聆聽，自己內心的真正聲音⋯⋯
然後有天，當我們對自己越來越了解，
我們也會更懂得如何好好去愛，
這一個還不夠好、偶爾會軟弱的自己；
然後有天，我們或許會終於學懂，
如何更溫柔地去愛另一個人、去愛這個世界，
即使過程中，依然會遇到一些傷害與遺憾，
但我與你，都會一起撐著笑下去，
在漫天星火、或蔚藍晴空下，
為遠方的對方祝禱，祈求這一點心願，
有天可以被完美接收、讓你聽見⋯⋯

那應該會是最幸運、最溫柔的共振。

Middle
2021.05

國家圖書館出版品預行編目資料

不要再回覆他的短訊，好嗎 /Middle 著
. -- 臺北市：三采文化股份有限公司，
2021.07
　面；　公分 . -- (愛寫；48)

ISBN 978-957-658-574-6(平裝)

855　　　　　　　110007940

◎封面圖片提供：
Dmytro Gilitukhar ／ Shutterstock.com
Olha Volynskar ／ Shutterstock.com

suncolor
三采文化集團

愛寫 48

不要再回覆他的短訊，好嗎

作者｜ Middle
副總編輯｜鄭微宣　　責任編輯｜鄭微宣
美術主編｜藍秀婷　　封面設計｜高郁雯　　書名手寫｜ Yum
內頁設計｜高郁雯　　美術編輯｜ Claire Wei　　別冊設計｜高郁雯
行銷經理｜張育珊　　行銷企劃｜陳穎姿

發行人｜ 張輝明　　總編輯｜ 曾雅青　　發行所｜ 三采文化股份有限公司
地址｜ 台北市內湖區瑞光路 513 巷 33 號 8 樓
傳訊｜ TEL:8797-1234　FAX:8797-1688　　網址｜ www.suncolor.com.tw
郵政劃撥｜ 帳號：14319060　戶名：三采文化股份有限公司
本版發行｜ 2021 年 7 月 2 日　　定價｜ NT$380